詩說臺灣民主路

游錫堃 編著

推薦序
言志，敘史，臺灣心

李敏勇

漢詩在臺灣有悠久的歷史，曾經詩社薈集，成為文人雅士的歲時記，吟誦之聲不絕。進入二十世紀，日本與中國進入普世的新文學時代，臺灣分別受到影響，詩的去韻文脫格律、自由詩體成為主流，並經歷不斷演進的現代主義各種潮流，詩逐漸與歌分立。傳統的漢詩受到影響，漢詩社不再林立。隨著時代演變，臺灣的漢詩似乎沉寂於無聲之域。

漢詩是詩歌的傳統形式，中國的漢唐宋元明清各帝國時代演變出漢賦、唐詩、宋詞、元曲……漢字文化圈的日本、韓國以及臺灣都受影響，日本和韓國也有古典漢字詩歌，後來隨著各自國家的文字演變轉型，成為文化教養。日本更發展出俳句和短歌，以特有的五、七、五，以及五、七、五、七、七，分別形成十七音及三十一音的詩歌。

普世的新文學運動，漢字文化圈的詩歌也受到影響，意味著文化解放，但轉型期仍見文人雅士以舊詩體留下心聲。詩歌既為文化教養，文人雅士以漢詩見諸心性，既言志又詠情，成為某種存在留下的文化古典。日本的報紙常見俳句、和歌專欄，徵集讀者投稿，匯成風氣，形塑文化國家心靈之貌。

臺灣在日治時期，既受日本明治維新的影響，又經由日本受到歐美近現代文化運動的啟蒙，詩歌的現代化也形成。

知識份子文化人或仍存留漢詩的教養，但詩人大多隨著新文學運動的足跡邁出新腳步。白話，口語，去韻律格式的自由詩體普遍成為詩人的藝術範式，從新詩到現代詩，各種現代主義風潮的試煉洗禮，形成新的傳統。

臺灣漢詩的傳統存在於文人雅士普遍存在的抒情、記事、詠物的教養之中，言志、敘史，更見憂國之心。戰後臺灣雖脫離日本殖民，進入長期類殖民黨國時代，幾經人民抗爭、社會運動、政治改革運動，邁向國家重建，進入民主化、自由化的新時代。回首來時路，見證在漢詩的行句，留下吟誦的聲音。

甫卸任立法院院長的游錫堃不只是政治人物，也在文化領域留下許多建樹，他在民進黨創黨的史冊投入心力。從黨外時代省議員開始，繼之宜蘭縣長，繼陳定南的奠基工程，他在噶瑪蘭的文化建樹共同形塑了蘭陽平原的縣治榮光。在民進黨執政時期，曾出任閣揆，兼掌行政、立法的經歷。但相映於政治事務的是在漢詩領域的才具，他投入振興漢詩，推動漢詩吟誦。

他不只留下漢詩作品，更編著《詩說臺灣民主路》，以「武裝抗日」到「民主鞏固」十章，收錄三十九家七十首漢詩，譜成臺灣近代意義民主歷程的心跡。每一首詩均有作者介紹、注釋、詩題解析、詩文解釋，編著投入心力，對閱讀者裨益良多。

詩比歷史真實，既書寫歷史，又是詩。以詩為證，從清帝國割臺讓日的怨艾、抵抗；一九二〇年代，臺灣議會設置請願運動到臺灣文化協會形成的文化啟蒙運動；治警事件；日治時期政治社會運動；終戰時盟軍接收，蔣政權順勢進佔時期的悲劇性開端；二二八事件，白色恐怖；政治結社；

臺灣主體認同；民主鞏固。以漢詩言志、敘史，臺灣心躍然紙上。

臺灣新文學作家賴和、葉榮鐘、吳濁流、楊青矗……；文化協會林幼春、蔡惠如、王敏川、陳炘、陳逢源、林獻堂……；進步僧人林秋梧；戰後移入住民，著名詞人周棄子、白色恐怖受難作家柏楊作品都列入其中。游錫堃更以編著者展現他十三首作品，可見投入之深。

漢詩因文學運動歷史推移形同失聲，古典詩歌也因此失色。但漢詩應仍能在現代生活中，類似日本的俳句、短歌，不只在民間持續發聲，更影響世界不同語系成為漢俳或英、法、西……不同語言的新詩歌，在詩歌的生活教養中被書寫或吟誦。從《詩說臺灣民主路》的選讀詩，不只看到詩，也看到歷史。編著人以漢詩見證臺灣民主發展的路程，言志、敘史的臺灣心，讓人看到政治人物的文化教養。在政治的權力場域看到文化的意義本質，格外令人感到興味。

我在現代意義的詩文學之路穿越半世紀以上的歷程，雖兼及各種文類寫作，但傳統的漢詩非我所長。承邀為用心編著之《詩說臺灣民主路》為序，謹以閱讀之心記下感想，兼為推薦之意。深願臺灣的漢詩能在新時代繼續開展，成為各種漢字臺灣語文存留的詩歌，並為文化教養，滋潤並豐富臺灣國民心靈。

推薦序
從漢詩追索先賢的心靈軌跡

施懿琳

詩是文人心靈的映現。文人的心，可以涵容山河大地、風雨雷電，從芥子到須彌，從微物到無盡虛空。它可以上天下地、縱橫四方，自由翱翔、任意馳騁，而它探向外在世界最直截精要的方式便是「詩」。透過韻律節奏，我們感覺到詩人的呼吸心跳；透過鮮活的意象，我們透視了詩人飽滿幽邃的內心風景。

臺灣最早的詩歌當屬原住民族打獵、鬥捷、賽戲、祭祖乃至男女相思時的唱誦，以各族群的語言歌詠，自然簡樸，純是天籟。三百多年前漢人來臺之後，屬於庶民百姓的有勞動時的採茶歌、牛犁歌，有男女言情的相褒歌，乃至紀錄移民艱辛的渡海悲歌。文人方面，十七世紀末，由於政權轉移，多位遺臣在大明王朝覆滅後，先後來到臺灣，在陌生的海島上，以詩歌書寫他們亡國失鄉的寂寞與哀愁。少數文人，比如最早寓居臺灣的沈光文，更進一步透過他的觀察，記錄了南臺灣的山川物產、人群氣候，為十七世紀後半葉的臺灣留下珍貴的文學資產。1683年清帝國取代了以臺灣為據點的鄭氏政權，大批清國文人隨之來臺，或擔任各級吏員，或擔任幕客僚屬，同步將傳統漢文化傳播到臺灣。清中葉，由地方紳商逐漸轉型為文人世家的本土勢力崛起，新竹鄭用錫家族、林占梅家族，板橋林家、霧峰林家、鹿港丁家……

更多的臺灣士子在科舉制度的影響下，熟悉試藝詩文，同時也因為受到「詩」這種具有韻律節奏的文類影響，文人社群經常以詩言志抒情、詠物寫景，在所有文類裡，「詩」最足以呈現有清一代臺灣知識階層的心靈軌跡。

這樣的書寫慣習，一直延續到日治時期 ，古典漢詩一直都是臺灣文人階層的主流書寫。1895年乙未割臺後，日本殖民政權以剛柔並濟的方式統治臺灣，為了安撫臺灣社會菁英，派遣大量熟悉漢詩的官員吏屬前來，透過與臺灣漢文人互相酬唱的方式，帶動詩社的蓬勃發展。值得注意的是，隨著時代的變遷、社會制度的轉換，日本統治前後出生的新世代知識分子，已開始接受現代教育，但是，仍有為數不少的社會菁英，同時具有漢詩文的涵養。他們的漢詩，已經不像前清詩人使用那麼多的典故和深奧詞語。它平白如話，比新興的中國白話詩更精簡，它以自己的母語（Holo話、客語）誦唸吟唱書寫，完全沒有語言的隔閡。文人以詩抒情言志，也藉由詩書寫日常生活、家庭關係、嗜好興趣，乃至與友人的交際往來、文學活動、社會參與、商業經營……。漢詩寫作的庶民化，對有意保留漢文化的臺灣民眾造成一定的吸引力。加上報紙、期刊的推廣、現代印刷術的發達、鐵路交通的便利……凡此種種，都是日治時期古典詩社蓬勃發展的原因。放在這樣的脈絡，才可以了解，為何到了1920年代臺灣新思潮澎湃，新文學類型崛起之際，傳統漢詩依然維持一定的創作人口，乃至到了戰後國民政府統治時期，甚至到了當代，還是有許多熱中漢詩創作吟唱的社會人士，積極而熱心地推動相關活動。

立法院長游錫堃先生出身宜蘭，早年郭雨新給予的精神啟迪，對他造成一定程度的影響。從政40多年，游錫堃曾任省議員、宜蘭縣長、總統府秘書長及行政院長，乃至立法院長，從民意代表到行政首長，從地方到中央，都有豐富的歷練，充分見證了臺灣民主化的歷程。一路走來，他關心的議題之一是臺灣語言存續的問題，他強調「母語斷，文化滅」，確實足以警醒人心。延續母語的方法有多種，游錫堃先生早年透過教材編輯的方式，在宜蘭縣大力推行母語教育。近年來，他選擇了最貼近自己興趣，同時也與臺灣歷史文化密切綰合的臺灣漢詩吟唱來推展母語、認識先賢精神、了解自己生長的土地和人民，這種方式實深得我心。

個人自2001年起，與志同道合的友伴開始了為期二十多年的臺灣古典詩編校工作，蒐集從鄭氏時期，歷經清領、日治時期，共一千多位臺灣漢詩人的作品，同時也逐年出版紙本《全臺詩》（至2024年止，將出齊82冊），並建置「臺灣古典詩資料庫」（https://taiwanpoem.insowe.com/index.html）。隨著這套大部頭詩集的出版，多位學者與研究生皆得以從中獲得他們感興趣的主題和材料。為了讓更多社會大眾，乃至在學青年有機會接觸、了解臺灣漢詩，我們於2019年編撰出版《臺灣漢詩三百首》，並與北一女主導的「國語文學科中心」合作，舉辦高中國文教師工作坊，進一步編寫以臺灣漢詩為對象的教案，而後於2021、2022年出版「臺灣漢詩的教學與應用——臺詩好好玩系列」共四冊。如何透過學校教育，讓這個珍貴的先賢智慧遺產得以被看見，是我們近年來努力的目標。

三年前，游錫堃院長開始推動古典詩的吟唱，大力鼓勵高中生參加臺語吟唱古典詩的比賽。第一年以中國古典詩為主，第二年之後開始將吟唱材料轉為臺灣本地文人的漢詩作品，其後除了Holo話之外，又推動客語吟唱，結合各地民間詩社的力量，讓臺灣年輕一代有機會藉由臺灣文人的漢詩，熟悉自己的母語，了解臺灣的歷史，以及先賢為臺灣的土地與人民所投注的心血。難能可貴的是，這樣的活動，不是放煙火般，僅有短暫的燦爛輝煌。為了讓吟唱漢詩展現「臺灣心」、「臺灣魂」，了解先賢「追尋臺灣民主歷程」的用心得以永續發展，游院長蒐集與主題切合的詩作，《全臺詩》即為他們重要的搜尋對象。初步完成篩選後，又邀請臺灣文史學者、詩界前輩，共同討論章節架構以及漢詩的選取與詮釋，最後決定分十個章節，收錄三十九位詩人，七十首詩。撰寫作者介紹、漢詩註釋與詩題解析、詩文解譯，每一首都經過游院長親自檢視、仔細修潤，並由學者專家協助審閱。

這本《詩說臺灣民主路》，從1895年乙未戰爭收錄起，揭開近代臺灣史的序幕。文人以詩紀錄割臺之際，內心的悲愴義憤，以及臺灣勇士透過武裝抗爭，浴血沙場的痛史。進入1920年代以後，由於殖民政權逐漸穩固，臺灣知識分子改用非武裝抗爭的方式，藉由文化啟蒙運動，喚醒民眾的自主意識，爭取臺灣人存在的尊嚴。1923年發生的「治警事件」，多位文化精英被拘捕幽囚，這個打擊激起臺灣人更堅定的抗日意識，期間有許多精采的詩詞，蔡惠如的〈意難忘〉、林幼春的〈獄中寄內〉、賴和的〈繫臺北監獄〉都是擲地鏗鏘之作。1930年代中期，迫於輿論，官方開始推動街庄協議員選舉，事實上卻與臺灣人民期待的地方自治存在著巨大的落差，文人同樣透過詩歌表達對強權的批判。二次大戰結束後，臺灣政治社會仍在風雨飄搖之中，從第五章「盟軍接收」收錄的詩裡，可以見到當時臺灣社會的紊亂失序、群魔亂舞，臺灣民眾對「祖國」由期待遽變為失望的心路歷程。1947年的二二八事變及其後長達四十餘年的白色恐怖，是臺灣歷史最蒼白、黑暗的時期，但是，詩人仍堅持以筆為刀，刻鏤四十年的血痕。第八章到第十章，分別從「政治結社之路」、「臺灣主體認同」、「民主鞏固」三方面，談臺灣人民如何突破困境，逐步結社聯盟，挑戰威權，爭取民主自由的艱辛歷程。從這個視角選詩，在臺灣漢詩界，實屬第一次，尤以游院長本身寫的作品最具代表性。他於2022年創作的〈回首臺灣民主路〉：「武裝抗日力凋消，轉進啟蒙迎世潮。帝國陳情爭自治，街庄講演渡靈苗。辛年議運開新局，乙歲民權得越超。屠戮戒嚴皆歷盡，百年回首路蕭蕭。」足以總括百年來臺灣人爭取民主自由，艱苦奮鬥的珍貴履痕。

古典漢詩是臺灣四百年來最古老的文類，從十七世紀中葉明代遺臣來臺起始，一直到2023年的今日，漢詩的寫作與吟唱一直都未曾消歇。雖然經歷過日治時期激烈的新舊文學論戰，被指為「破敗草叢中的殿堂」的舊文學作者群中，還是有許多閃亮的明星。甚至曾經嚴厲批判墮落（舊）詩人的新文學健將：賴和、陳逢源、陳虛谷、葉榮鐘……他們本身其實也寫過許多優秀的漢詩作品，他們用舊瓶裝新酒，為臺灣漢詩開創另一個嶄新的面貌。因此，應該批評的並非漢詩這種文類，而是思想的蒼白、內容的貧乏，以及藉由詩作諂求權貴、博取聲名的行為。近代臺灣漢詩形式簡單，用字淺白平易，可以紀實詠懷，可以談古論今，透過以母語吟唱的悠揚音韻，讓我們更貼近自己生長的土地，了解先賢篳路襤褸的艱辛，《詩說臺灣民主路》的編撰，為我們做了最好的見證。

推薦序
朝向自由民主之路前進

薛化元

自從1996年「自由之家」的評比，臺灣不再被列入「部分自由」國家的名單，成為自由國家的一員後，臺灣自由民主持續發展，目前已經是亞洲地區自由民主的先進國家，而且自由度和政治參與的民主度，甚至超越了許多老牌的民主國家。如此不容易獲致的政治發展成果，當然是臺灣住民不分先來後到共同努力的成果，而不是忽然間從天上掉下來的禮物。從歷史的發展脈絡來看，臺灣曾經長期做為殖民地以及被威權體制所籠罩，追求自由民主或當家作主的權力往往受到統治者的打壓，輕者受到監控，重者入獄，甚至失去生命。今昔對照之下，可以了解經歷何等艱辛的努力，臺灣才能成為華人世界中，或者是華人文化圈中，絕無僅有的自由民主國度。

來自西方而漸次成為普世價值的自由民主思想，就形式而言，於1895年首次在臺灣的歷史空間出現，當時雖然相關的人士未必深入了解自由民主的思想，但是「臺灣民主國」一詞的出現，卻是臺灣與民主接觸初體驗的展現。面對日本強勢的武裝鎮壓，臺灣民主國雖以失敗收場，但之後在日本近代帝國的殖民之下，透過反抗、批判殖民體制，臺灣自由民主思想的萌芽與發展，成為臺灣歷史不容忽視的篇章。除了思想的啟蒙、傳播之外，臺灣住民也有了參與有限地方自治選舉的經驗。雖然隨著戰爭的爆發，在總動員體制之下，臺灣朝向自由民主思想的道路，出現了更大的阻礙，甚至不得不中輟收場。以此一歷史發展脈絡為基礎，日治時期臺灣人的政治抗爭，雖然成果有限，卻留下了自由民主思想的遺產。

二次大戰之後，國民政府根據聯合國最高統帥第一號命令，來臺接收。雖然臺灣的主權轉移並未在戰後初期乃至結束二次大戰的《舊金山和約》中確認，不過，中華民國體制長期在臺灣統治，特別是在1949年底敗退到臺灣後，中華民國主要的統治領域就是臺澎金馬。此後，臺灣民主運動或是民主思想的發展，可以說有兩個重要的歷史傳承，一個是自日本時代以來長期自由民主運動發展的脈絡，其次則是自中國大陸「橫的移植」而來的中國近代自由民主思想，以及憲政體制的建構與發展。

戰後歷經228事件，在白色恐怖的氛圍下，1950年代無論是臺籍菁英（以五龍一鳳為代表）在地方自治領域的努力，或是以胡適為招牌，雷震為首主張自由民主的外省籍菁英主導的《自由中國》在自由民主思想言論的推廣，都有一定的成果。不過，「大江東流」的中國民主黨的組黨行動仍然被強人威權體制強力壓制，民主運動為之重挫。不過，隨著國際政治情勢的改變，臺灣經濟社會結構的發展，1970年代的黨外運動雖然在美麗島事件遭到國民黨當局嚴厲的打壓，但是國內外要求政治改革的呼聲不斷，民主運動也持續展開，終究在1986年突破黨禁組成民主進步黨。次年，蔣經國領導的國民黨當局迫於國內外壓力下令解除戒嚴，蔣經國過世後，李登輝繼任總統，並在民主改革的外在氛圍下，陸續推動終止動員戡亂、國會全面改選、地方自治法制化及總統直選，落實臺灣自由化、民主化的改革，臺灣成為自由國家。2000年政黨輪替，臺灣民主政治進入新的里程碑。另一方面，臺灣主體的認同，隨著政治改革的展開，以及外在中華人民共和國文攻武嚇，逐漸發展，臺灣人認同成為社會的主流。換言之，戰後臺灣民主政治豐碩成果的歷史緣由，包括日治時期以來臺灣本土的「縱的繼承」，加上來自中國大陸自由民主人士帶來的「橫的移植」，逐漸匯流，而成為臺灣民主重要的傳承與脈絡。

不過，前述臺灣民主運動前輩們努力的歷程，對40歲以上的人而言，是無法透過體制內的教育得知。長期以來，透過歷史教育或者是現實社會教育社會化的結果，日治時期以來臺灣本土思想的傳承，常常遭到忽略，這與國民黨當局在臺灣推動大中國的歷史教育，而忽略臺灣本土歷史發展，有密切的關係。在1970年代，臺灣黨外運動逐漸發展的過程中，連要求在歷史教科書多納入一些臺灣歷史的元素，當年的黨外前輩康寧祥，在立法院還必須以教育臺灣人抗日的歷史為由，來爭取政府在教科書中多納入一些臺灣歷史，其辛酸之情，與臺灣本土歷史脈絡遭到壓抑的狀況，不言可喻。此一歷史的困境，隨著黨外、民進黨的崛起，有了轉機。1990年民進黨在地方選舉有重大突破，取得6個縣市的地方執政權後，包括宜蘭縣、臺北縣、彰化縣、高雄縣等縣市，持續要求重視臺灣歷史語言文化教育，以地方不斷衝擊國民黨執政的中央政府／臺灣省政府的教育體制，臺灣本土歷史思想才逐漸受到重視。而李登輝出任總統之後，也回應來自民間的要求，根據教育「課程理論」，先在國中推動包括歷史、地理、社會的「認識臺灣」課程。而在高中部分，1999年以後教育鬆綁的高中課綱，大幅增加臺灣歷史文化的內容，2000年第一次政黨輪替後，特別是2005年以新的歷史課綱撰寫的教科書逐漸普遍，日治時期以來臺灣先賢在民主運動發展的貢獻，才逐漸受到重視。

基於前述的認知，要強化臺灣住民認識這塊土地出現自傲傲人自由民主成果的歷程，社會教育是重要的管道，而提供教學參考的素材給現場教師，也是重要的工作。這本游錫堃院長編著的《詩說臺灣民主路》，透過選取紀錄、論述1895年乙未抗日以降臺灣主體性及朝向民主發展的漢詩，加上對作者的介紹、詩文注釋、詩題解析、詩文解譯，既可提供一般社會大眾的閱覽，老師亦可作為教學的參考，正可以補充過去相關論著的不足。特別是臺灣文化多源且多元，包括漢詩在內的傳統漢文化也是重要的一環。過去臺灣教育傳統漢文化的內容，有時忽略了自由民主普世價值的面向，而本書發揚、深化臺灣傳統文化之時，也論述臺灣朝向民主發展的歷史傳承，透過歷史作品與時人的創作，體現自由民主的價值，是值得推廣的著作。

編著者序

游錫堃

2022年7月，筆者以臺灣國會議長身分，率領「立法院跨黨派立委訪問團」前往捷克、立陶宛和法國等3個「中華人民共和國」邦交國的5個國會進行國會外交，各國落地招待、所到之處懸掛我國和該國兩國國旗、全程警車開道，24小時維安等，禮遇規格等同邦交國，創下中華民國臺灣史上立法院長率團出訪的新紀錄，令我及全體團員印象深刻、無比感動！

臺灣漢詩與藝術外交

行程中，立陶宛國會議員主辦的一場宴會中，我受邀致詞的尾聲，以臺臺語吟唱拙作：

〈立陶宛贈我疫苗有感〉（2021）
地在歐洲波海邊，古來兩國少因緣。
邦民只我八之一，膽識堪齊美日肩。

這是因為2020年開始的全球新冠疫情肆虐後，臺灣民主防疫雖然控制得宜，但到了2021年夏天，疫情卻在臺灣陡然升高，疫苗一時短缺。當時，與臺灣本就友好的美國、日本先後宣布援贈疫苗給臺灣，化解燃眉之急。出乎意料的是，2021年6月22日，與臺灣可說是素未有深緣的立陶宛挺身而出，宣布捐贈2萬劑新冠疫苗，不但是歐盟會員國中的第一個，更成為全世界第3個援贈疫苗給臺灣的國家。當然，立陶宛此舉大大的觸怒中國，遭到中國經貿制裁，但是，立陶宛仍然仗義相挺，使我感觸甚深，遂於6月27日有感而發作此詩公開致謝，表達即使立陶宛人口僅臺灣8分之1，兩國相距遙遠，但立陶宛卻無懼國際強權中共威脅，贈臺疫苗意志堅定，膽識實比肩美國、日本。

我吟唱了這首拙作後，全場立陶宛貴賓紛紛起立給予我厚愛的掌聲，也有幾位前來致意表達感動。這使我再次體會到，藝術文化能讓人心意相通，即使語言不通，也能體會對方的真情真意。

在國際上拚外交，如何讓人認識臺灣？捷克有德弗乍克和玻璃工藝，法國有德布西和凡爾賽宮，立陶宛有「愛好自由的人應該互相扶持」的反殖民與民主傳統，我們臺灣呢？

筆者訪問捷、立、法三國之後數個月，2022年底率訪團赴日本進行國會外交，晚宴席間，以臺臺語吟唱日本思想家吉田松陰老師的漢詩〈磯原客舍〉，連日本國會議員都驚訝不已。日本是國際間仍有使用漢字的國家之一，漢詩吟唱的風氣仍在，只不過已經改為日語吟唱。相較之下，我們臺灣的臺臺語、臺客語保留了唐、宋的中古漢音，已形成臺灣獨特的文化底蘊，是日本、韓國、中國、新加坡、越南等國望塵莫及的。

2024年1月26日，「立陶宛跨黨派外交訪團」再度來臺訪問，我在立法院接見這些老朋友時，席間，我的好朋友，曾經來訪臺灣三次的訪團團長立陶宛外交委員會主席馬瑪竇議員（Hon. Matas Maldeikis）提及：「我每次想到臺灣，就會聯想起游院長。我會記起2021年我第一次來臺灣參加立法院主辦的開放國會論壇時，不論白天行程有多麼緊湊繁忙與勞累，您總是掛著微笑，晚宴中還是充滿活力的吟唱著詩詞，使我們感到放鬆與愉快！對我來說，這就代表著臺灣。」

臺灣漢詩是珍貴的藝術文化之一，是臺灣重要的軟實力，這是我在國會外交時親身的體會。

以發揚臺灣文化為己任

臺灣是什麼？我們在國際上怎麼介紹臺灣？半導體科技？經濟成就？地緣政治中的臺海安全？臺灣的民主改革成就？任何一個到國際上跟外國人交朋友的臺灣人，一定會思考這個問題。

問題是，國人真的都了解臺灣嗎？

本書的審定者李筱峰老師曾在一本書中寫道，1985年他第一次到美國，在西雅圖（Seattle）跟一位高中生聊天。他問對方：「你們這裡為什麼叫做Seattle？」對方不假思索回答：「Seattle是一位酋長的名字，由於他努力，促使白人與印地安人之間和平相處，為了紀念他，就用他的名字來稱呼此地。」李筱峰老師又問：「你怎麼知道的？」對方說，小學時代就知道了，上課時就有討論。李筱峰老師感慨萬千，反省臺灣的教育，絕大部分的人，即使都已經大學畢業了，還不知道自己生長的「臺灣」名稱由來。

我跟李筱峰老師有著相同的感慨，我們也都一樣，從很早的時候就有所覺悟，並且各自在不同的領域為了推動臺灣國家正常化而打拚。

從政逾42年來，我一直自我期許，要把臺灣的文化加以傳承、活化與推廣。從我擔任兩屆8年省議員時期就推動臺灣的母語傳承[1]，當選兩屆宜蘭縣長任內推動文化立縣，母

---

[1] 1984年11月20日，我在省議會質詢省政府教育廳林清江廳長，就曾

語教學、蘭陽地理、蘭陽歷史教科書編寫與教學、本土藝術文化如蘭陽戲劇團、宜蘭國際童玩節、宜蘭社區營造等，在行政院長任內臺灣本土語言進入學校教育、推廣臺灣本土文化藝術、推展臺灣文創產業。數十年咬牙奮鬥，儘管過程艱苦異常[2]，卻終於把戰後國民黨政府只偏重「中華文化」，卻宣稱「臺灣沒有文化，只有民俗」的逆境一點一滴扭轉過來；看到新苗不斷滋長、茁壯，卻又再度期勉自己，這是值得用一生來奮鬥的工作。

十多年前，我因緣際會自學漢詩吟唱，深深感受到，學習漢詩吟唱具有四大優點，首先是以臺臺語和臺客語吟唱漢詩，可以傳承瀕危的本土語言；再者，藉由臺灣先賢流傳下來膾炙人口的詩詞，可以豐富文學修養；第三可以推廣詩詞吟唱藝術，增進國人怡情養性；第四，可以從漢詩中認識更多真實的臺灣歷史。

復健中的臺灣漢詩

古云，「欲亡其國，必先亡其史」。西哲亞里斯多德曾說，「詩比歷史更真實」。臺灣因為歷史淵源，數百年來臺灣知識份子以漢詩描述當時的歷史事件、發抒體悟，遺留的珍貴文化資產，有助於現在的我們來認識臺灣的身世。

比如，1895年臺灣被清政府割讓給日本，日本依照國

以瑞士承認僅占全國使用率0.8%的羅曼斯語為國家語言為例，提出歐美各國承認多元語言的政策，也指出不同語言的使用並不是造成社會分裂的主因，歧視與滅絕才是；同年更建議臺灣省政府主席邱創煥將母語放入國中小課程，但顯然未被採納。

[2] 在宜蘭縣實施本土語言教學，被時任教育部長毛高文以學校禁說方言為由，派八位督學視察宜蘭縣各國中小學，縣議會也要求他進行專案報告，並刪除相關預算經費。

際法《馬關條約》接收臺灣，於是，當時許多漢詩描述了有關乙未之役、臺灣人抵抗殖民政府的種種事蹟與感悟。又比如1921年林獻堂先生發起臺灣議會設置請願運動，其後許多人前仆後繼，促發了一整代的民主啟蒙運動，這些思想與活動，每每記錄在當時的臺灣漢詩中，每一首都承載著理想與血淚，是如今臺灣人追溯百年來民主追求歷程中，極為重要的文獻與素材。

因此，2020年我擔任立法院長後，首先鼓勵立法院成立漢詩吟唱社團「三餘吟社」並延聘老師教學，同學們在公餘培養興趣、涵容文史與藝術氣質，生活及工作上看到更好的品質與品味。

接著，再以挽救瀕危母語[3]、本土語言復振為切入點，鼓勵民間舉辦漢詩吟唱比賽。除了民間早已有灘音吟社等詩社舉辦比賽外，2021年起，義美文教基金會亦登高一呼，與信民協會合作辦理「蔣渭水臺語、客語漢詩吟唱比賽」，向全國高中職學子推廣漢詩吟唱與推行本土語言，至今已經舉辦了三屆，並喜見漢詩吟唱藝術的種子向下扎根的曙光。不少參賽學子進而學習創作漢詩、在家以母語交談、甚至有志選讀本土語言相關科系。

令我喜出望外的是，去年開始，漢詩吟唱相關課程也已進入國家教育行政體系，教育部也開始舉辦國小、國中學生漢詩吟唱比賽。民間到官方種種努力，都將成為復振發揚臺灣本土語言與文化的助力。誰能想得到，自蔣氏政權於1951年透過中央政府實施「推行國語、禁說方言」政策的72年

[3] 臺語、客語在本土高年齡層世代雖仍普及，但卻有著明確傳承危機。依照聯合國語言活力評估標準（LVA），臺語和客語傳承已經是「明確危險」的等級，非常需要重視、傳承和活用。

後，歷經坎坷命運的臺灣漢詩吟唱藝術[4]，如今也能重現曙光呢？

在在證明，只要有心開始做，一切都不嫌晚。

詩說臺灣民主路

我在學習、推廣漢詩吟唱藝術的歷程中，挖掘出不少臺灣先賢所寫的民主漢詩，體會到臺灣民主先賢反殖民、要民主、爭自由的血淚，因而萌生一個理想，與其語重心長，要求莘莘學子學習臺灣歷史，卻淪為孩子們眼中必須背誦的教科書，那麼，何不以臺灣民主發展為主軸，編選一本臺灣漢詩專書，用更輕鬆、易懂的方式來學吟唱，來認識臺灣呢？這個心願，從2021年初起頭，先編寫了《台灣漢詩吟唱參考教材》，由仰山文教基金會出版，初試水溫之後，不但獲得許多專家學者的鼓勵，也感謝諸多大學院校的購書與邀約演講。

過程中，我也更確立一個志願，要編選全球第一本「以百年來臺灣政權遞嬗為骨架，民主政治發展為血肉」的漢詩吟唱書籍。為此，我繼續進一步挖掘此一主題的漢詩，加以考據、解讀、以更淺顯易懂的方式供讀者了解。比如，從國立臺灣文學館出版的75冊《全臺詩》及百餘年來民主與文化先賢出版的漢詩集中，先精選出1895年至今的相關詩作214首。其後，邀請臺灣史、臺灣漢詩、臺灣文化及臺灣文學各領域翹楚組成專家委員會，包括：余美玲、施懿琳、何義麟、李知灝、李筱峰、翁聖峰、洪世謀、黃哲永、薛化元等

[4] 曾經清治時期漢學書房兼教漢詩，日治時代尚能興盛一時，全盛時期詩社達300家。然而二戰後號稱「復興中華文化」的蔣氏政權卻實施「獨尊國語、禁說方言」的教育政策，不但臺語、客語、原住民語言迭遭貶抑，漢詩吟唱藝術也受波及，即使大學中文系也幾近失傳。

老師，數度開會、討論與審查，選定70組臺灣漢詩。之後再研究每組詩作、作者後再撰文解析，後並再經委員們審訂，會中也經委員通過將本書名稱訂為《詩說臺灣民主路》，藉此機會再度向勞苦功高的委員們致上最深的謝意。

本書編寫的尾聲，邀請洪世謀、黃哲永、賴添雲、洪淑珍、余秀春等五位臺臺語、臺客語老師共襄盛舉，錄製吟唱並上傳Youtube製成QRcode作為有聲書，在此要向漢詩吟唱老師們以及督導錄製工作的信民協會黃清龍社長致上深深的敬意。更要感謝李敏勇老師、施懿琳教授、薛化元教授為本書作序，為本書添色不少，深感榮幸與福氣！在此誠懇向三位學者致謝。也要感謝國會辦公室同仁們利用公餘時間幫忙蒐集資料及校稿。在截稿前因故未能取得兩位詩人家屬授權，因而扣除兩首詩作，最後以70組臺灣民主漢詩成書，於2024年初的今日付梓出版問世。

因而，《詩說臺灣民主路》，全世界第一本兼及「民主發展、臺灣歷史、傳統格律詩及有聲吟唱」的書籍，於焉誕生。在此要向秀威資訊科技股份有限公司的大力協助，致上我由衷的感激之意。

人的一生，盡是認識自己的過程。作為一生追求民主的政治工作者，我的一生追求，除了民主，還是民主。願讀者也能在這本《詩說臺灣民主路》中認識百年來前仆後繼的臺灣人，他們追求臺灣民主的所思所想、精神、行動與血淚，進一步認識自己。也期待有一天，臺灣漢詩能成為人人吐納自如的修養，更能成為傲視華人文化圈及享譽國際的人文藝術軟實力。臺灣的母語、歷史文化，攸關臺灣國家主體性建構與鞏固，期待順利傳承，永續發展，綿延不絕。

2024年2月16日

凡例

一、《詩說臺灣民主路》（以下稱「本書」）*共分十章節。每章前有「導論」，次為「正文」即各體選詩。

二、本書選錄日治時期至現今的臺灣漢詩共七十首（組）。該詩若為組詩之一，則於詩題後加括號，說明此為原詩第幾首。

三、各體詩選依其主題指涉的年代順序排列。本書採新式標點符號，詩歌文句僅以逗號（，）、句號（。）、問號（？）標示。

四、本書每首詩後有「作者」、「注釋」、「詩題解析」及「詩文解譯」。

五、「作者」分為兩段：首段說明姓名、生卒年、本名、譜名、學名、字號、出生地……等等。次段為生平梗概，包括詩人心境、歷史事蹟、代表作品等角度簡要分析。

六、「注釋」方式：（一）若為詩人自注詩序，則縮小字體並用括號，夾注於詩題後。（二）詩題加注出處，一律於詩末註解中說明。（三）摘自他人說法文句與引用出處，一律於詩末註解中說明。（四）編者注釋說明的詩句、字詞。

七、「詩題解析」為解說詩題的意涵及寫作背景。

八、「詩文解譯」為白話翻譯與編者詮釋。

---

* 根據2022年7月5日本書專家委員會議結論，會中通過17章節、66組選詩。

九、若同一作者，選錄兩首以上的詩歌，為方便閱讀、使用，將重複說明其生平梗概。

十、本書提及地名時，隨文加括號說明古地名，以方便讀者對照。

目次

武裝抗日

1895年（歲次乙未）4月17日，清、日簽訂《馬關條約》，割讓臺灣、澎湖予日本，5月25日臺灣部分官民成立「臺灣民主國」。日軍於5月29日從鹽寮登陸，不日攻破基隆，在任僅10天的總統唐景崧棄守離臺。儘管缺乏政府、正規軍與精良武器，臺民防衛意志堅定，直至11月18日，日軍平定臺南城向日本內閣報告「全島悉予平定」，史稱「乙未之役」。但隨後臺民義勇軍游擊戰紛起，至1915年方歇。臺人認同斯土，保鄉衛民，武裝抗日凡20年，令日本殖民政府難以喘息，在統治初期甚至有「臺灣賣卻論」之說，一度想放棄臺灣。

臺民義勇軍武器簡陋，善用地形打游擊戰。（資料來源：風俗畫報）

❶ 出師贈同學

姜紹祖（1895年）*

書幃別出換戎衣，

誓逐胡塵建義旂。

士子何辜奔國難，

匹夫有責安鄉畿。

臺語吟唱

客語吟唱

女聲吟唱

作者

姜紹祖（1876-1895），字纘堂，新竹北埔人。1835年，閩、客人士在清國官方支持下，於北埔創立武裝墾拓組織「金廣福大隘」，客家第一代墾戶首領是姜秀鑾。姜紹祖是姜秀鑾的曾孫，是出身富裕的書生，1895年《馬關條約》簽

粵人秀才吳通亭。奉新竹義民爺爲主。倡首謀抗日軍。在義民廟前築壇高二丈許。自其上以碗爲筊。擲於地。碗不破。衆疑是天意。大事可成。同種族一概皆應之。鐵路盡毀。紮營大湖口。清統領吳光亮。被强留爲先鋒。會日軍南下。至大湖口。拒戰十餘日。敗北而退。日軍入新竹城。置官安民。復南下。適林朝棟部將自臺中統義兵北上。遇日軍於新竹城外。知事已不濟。反步退却。兩軍皆不發一銃。粵籍武秀才姜紹祖。財產數萬。破家率義民兵助戰。尋爲日軍所捕。有欲替死者。力指其所捕非眞。紹祖坦然自白曰。我眞義民將姜紹祖也。遂從容就刑。日軍搜索敗兵。凡粵人部落。有屋皆燒。無捕不殺。幾成廢鄉。時吳光亮部下精壯親兵百名。僅存十餘人。相伴由中港搭船歸淸國矣

姜紹祖散盡家財，組織義勇軍抵抗日軍，戰敗從容就義。（資料來源：《臺灣日日新報》）

訂，清國將臺灣割予日本。姜紹祖聞訊，義憤填膺，不願屈服，乃投筆從戎，率數百墾民組織義軍參與乙未之役；不幸兵敗，得年僅19歲。

注釋

一，出師：出兵。

二，書幃：書齋。

三，戎衣：軍服。

四，胡塵：入侵之異族，在此指《馬關條約》簽訂後接收臺灣的日軍。

五，義旂：抗敵的正義之師，在此是義軍的代稱。旂，旗幟。

六，士子：讀書人。

七，何辜：何罪之有。
八，鄉畿：鄉村、鄉里。畿，古代指國都周圍的地方。

詩題解析

19歲書生姜紹祖率義軍出兵前，寫詩給同師受業的人，抒發投筆從戎、保家衛國之志，也有勸服同窗響應義舉之意。

詩文解譯

揮別書齋，換穿戰袍，我建立一支義勇軍隊，發誓一定要趕走侵略的外敵。為何讀書人沒有過錯卻必須打仗，抵抗侵略者？因為天下興亡，匹夫有責，平民老百姓有責任安定自己的家邦。

註解

* 鍾肇政，〈丹心耿耿屬斯人——姜紹祖傳〉，收錄於鍾肇政，《新編鍾肇政全集》第39冊（桃園市：市政府客家事務局，2022年7月），頁547。

❷ 自輓

姜紹祖（1895年）*

邊戍孤軍自一枝，
九迴腸斷事可知。
男兒應為國家計，
豈可偷生降敵夷。

臺語吟唱

客語吟唱

作者

姜紹祖（1876-1895），字纘堂，新竹北埔人。1835年，閩、客人士在清國官方支持下，於北埔創立武裝墾拓組織「金廣福大隘」，客家第一代墾戶首領是姜秀鑾。姜紹祖是姜秀鑾的曾孫，是出身富裕的書生，1895年《馬關條約》簽

《姜紹祖抗日歌》封面。（資料來源：臺灣圖書館）

訂，清國將臺灣割予日本。姜紹祖聞訊，義憤填膺，不願屈服，乃投筆從戎，率數百墾民組織義軍參與乙未之役；不幸兵敗，得年僅19歲。

注釋

一，自輓：哀悼自己的死亡，預告以死明志。

二，邊戍：戍邊，防衛邊疆。

三，孤軍：孤立無援的軍隊。

四，自：自己、當然、依然。

五，一枝：解作「一支」，孤立無援的軍隊。

六，九迴腸斷：隱喻憂煩到了極點，非常傷痛。眼望家邦將淪喪而深感憂煩。

七，計：籌謀、設想。

八，偷生：苟且只求存活，得過且過。

九，夷：中國古代對中原以外的各族群蔑稱，在此指外族、外敵。

詩題解析

姜紹祖率領「敢字營」義軍戍守新竹一帶孤軍抵抗，從詩題可知姜紹祖不願投降，決定成仁取義，誓死以明志，悲壯之情宛如遺書。

詩文解譯

自組的義軍「敢字營」，戍衛邊疆，孤立無援。敵眾我寡，打仗的結果我已經預知，實在令人肝腸寸斷。我是堂堂男子漢，本就應該抱著誓死的決心為國慷慨赴義，怎麼可能苟且偷生，向敵人投降呢！

註解

* 鍾肇政，〈丹心耿耿屬斯人——姜紹祖傳〉，收錄於鍾肇政，《新編鍾肇政全集》第39冊（桃園市：市政府客家事務局，2022年7月），頁610。

❸聞道

吳湯興（1895年）*

聞道神龍片甲殘，
海天北望淚潸潸。
書生殺敵渾無事，
再與倭兒戰一番。

臺語吟唱

客語吟唱

作者

吳湯興（1860-1895），字紹文，苗栗銅鑼人，清治時期秀才。1895年臺澎遭割讓，吳湯興承臺灣民主國總統唐景崧授予「統領臺灣義民各軍關防」，率領義軍對抗日軍，並與姜紹祖、徐驤等客家義軍領袖共同作戰，人稱「客家三傑」[1]，戰地遍及新竹、苗栗、臺中、彰化。尤以彰化「八卦山之役」戰況激烈，守將多戰死，吳湯興也率軍馳援，浴血對抗，於槍林彈雨中陣亡。戰後入祀忠烈祠。

注釋

一，聞道：聽聞。

二，神龍片甲殘：形容軍隊打敗仗、全軍覆沒。神龍，比喻國家最高領導機關，此指唐景崧成立之臺灣民主國政府。片甲，甲冑，一片甲冑都沒留下。

三，北望：期待北邊的臺灣民主國政府有所轉圜。詩人在新竹之役後因糧盡援絕而失守，推測本詩作於當時[2]。

四，潸潸：淚流不止的樣子。

五，渾：完全、簡直。

六，無事：行若無事，不慌不忙，舉止鎮定而從容，彷彿沒有發生任何異狀。此指詩人雖只是一介讀書人，但懷抱著護衛桑梓的義憤而殺敵，毫無畏懼、從容鎮定。

七，倭兒：日本派至臺灣接收的軍隊。倭，古時對日本的舊稱。

詩題解析

清國簽訂《馬關條約》割臺灣給日本，被推舉為臺灣民主國總統的唐景崧賦予吳湯興「統領臺灣義民各軍關防」的任務，率義軍對抗日軍；但旋即傳來唐景崧逃亡的消息，吳湯興仍繼續領導義軍殘部，不幸在新竹之役因糧盡援絕而敗走，賦詩明志，願意抗敵到底，其視死如歸、慷慨赴義的精神永垂後世。

詩文解譯

聽到唐景崧領導的臺灣民主國不敵日軍而敗亡，眺望北臺海天相連之處，殘破的景象令人淚流，但仍期待戰局有所轉圜。

身為一介書生，抵禦外侮、上場殺敵，我毫無畏懼。眼下的新竹之役，我軍雖因缺乏糧餉而失敗，但我決心誓死抗敵，還要再跟日本軍大戰一場！

註解

* 選自：余美玲注，《臺灣古典詩選注第四系列——「戰爭與災異」》（臺南：國立臺灣文學館，2014年），頁410-411。

1 程玉鳳，《吳彭年．徐驤合傳》（南投：臺灣省文獻委員會，1998年），頁35-37。

2 吳東晟，《臺灣漢詩的小故事．大歷史》（臺南：國立臺灣文學館，2022年），頁246。

日軍在彰化城外追殺義民並放火焚毀民宅，吳湯興妻因而投水自盡。（資料來源：《風俗畫報》）

日軍攜帶大砲摸黑夜襲八卦山，占領後居高臨下砲轟彰化城，此役抗日軍首領吳彭年、李士炳、吳湯興、沈福山等人壯烈陣亡。（資料來源：《風俗畫報》）

❹弔吳季籛參謀

（七律二首　其一）

許南英（1895年）*

北望彰城弔季籛，
西風酸鼻哭人天，
沙場白骨臣之壯，
幕府青衫我獨賢。
旗捲七星援卒散，
山圍八卦賊氛燃，
豈徒一死酬知己，
蘋藻春秋薦豆籩。

臺語吟唱

客語吟唱

作者

許南英（1855-1917），字子蘊，號蘊白、允白，又號窺園主人，臺南人，清治時期進士。乙未之役時擔任臺南籌防局統領，募集兵源，協助黑旗軍將領劉永福。敗戰後離臺，輾轉中國、東南亞，於棉蘭（蘇門答臘）病逝。生平創作詩詞無數，四子許贊堃（筆名許地山）為其編輯出版《窺園留草》。[1]

附哀季子歌即咏吳季錢
延陵季子真奇英、雍雍儒將願請纓、統率黑旗、鎮
中路、桓桓虎旅號七星、糧秣錙重斷接濟、軍枚枵
腹呼癸庚、劉兼同寅不協恭、滿腔忠憤誰同感、將
軍天上忽飛來、晉原草木皆戈兵、蕭蕭兮馬鳴、悠
悠兮旆旌、鄭侯之間師敗北、發旗樹八卦城巨
炮雷轟力勞山、榴彈雨下響訇訇、身中數鎗靡完
體、猿猱轉戰莫敢攖、血濺衣襟遽然逝、凜凜面色
猶如生、君不見壯士五百人、就義從田橫、人居世
上誰無死、泰山鴻毛權重輕、慷慨激烈殉知己、至
今婦孺咸知名、

吳德功，〈哀季子歌即詠吳季籛〉。（資料來源：《讓臺記》）

注釋

一，參謀：軍隊中參與指揮、計劃的人員。

二，彰城：彰化於清雍正年間即建縣城，縣城旁有八卦山[2]，對彰化縣城百姓而言，八卦山乃是彰化縣城的表徵[3]。在此指八卦山之役戰場。

三，西風：秋風。秋天蕭瑟悲涼，是憑弔的季節。

四，沙場白骨：指吳彭年戰歿於八卦山之役。

五，幕府：古時的將帥在軍隊中辦公的地方。吳彭年曾是劉永福黑旗軍的策士。

六，青衫：青色的衣服，指低階文官的衣服。

七，七星：劉永福率領的黑旗軍，喜用北斗七星黑旗作為戰旗。七星指黑旗軍。

八，援卒：援軍。吳彭年帶著援軍趕往八卦山。

九，豈徒：難道只是。

十，酬知己：酬，回報、報答。知己，了解、賞識自己的人。酬知己，回報知遇之恩。

十一，蘋藻：水草名，古人常採作祭祀之用。此指祭品。也用作祭祀的代稱。

十二，春秋：泛指四時，一整年之意。

十三，豆籩：祭祀時盛裝供品的禮器。

詩題解析

本詩憑弔八卦山之役抗日壯烈犧牲的吳彭年。臺灣許多詩人對吳彭年的英勇事蹟都非常感動，曾寫下不少詩篇來歌頌，許南英亦作兩首，此為其一。

詩文解譯

我北望彰化城弔唁吳彭年，西風吹來，油然感到淒涼而不禁鼻酸，哀泣天人永隔。為臣之人，最悲壯者莫過於戰死沙場，但吳彭年早在擔任黑旗軍名將劉永福之策士時，就已經顯露獨特的才能。當他率七星旗援軍趕赴八卦山奮勇抗敵之際，氣焰高張的日軍已經潛伏於山上，等著要包圍這批援軍。吳彭年並不僅僅是以死來報答劉將軍的知遇之恩，而是為了臺灣這片土地與人民慷慨赴義，他的情操深植人心，前來憑弔他的人終年不斷！

吳彭年（1877-1895），字季籛，浙江餘姚人，清國秀才。1895年至臺灣候補任用，黑旗軍將領劉永福延攬為策士。6月率軍7百人赴彰化抗日軍，後輾轉駐防大甲、大肚溪。8月八卦山之役，徐驤、吳湯興等戰敗，吳氏趕赴八卦山馳援，不幸中彈身亡[4]殉難，傭人偷偷將其屍體埋葬[5]。吳氏為臺捐軀，臺人為之感傷。

註解

* 出自：許南英，〈意園隨筆〉，《臺灣日日新報》，1917年4月22日，版6。
1 詳見：余美玲，〈許南英〉收於《臺灣大百科》。https://nrch.culture.tw/twpedia.aspx?id=4527
2 詳見：吳東晟，《臺灣漢詩的小故事．大歷史》（臺南：國立臺灣文學館，2022年），頁246。
3 詳見：黃文吉，〈八卦山在臺灣古典詩中的意義〉《國文學誌》（彰化：彰師大國文系，2004年），頁241。
4 詳見：楊碧川，《臺灣歷史辭典》（臺北：前衛，2000年初版3刷），頁324。
5 詳見：黃文吉，〈八卦山在臺灣古典詩中的意義〉《國文學誌》（彰化：彰師大國文系，2004年），頁262。

❺感舊

許夢青（1896年）*

不堪回首舊山河，
瀛海滔滔付逝波，
萬戶有煙皆劫火，
三臺無地不干戈。
故交飲恨埋芳草，
新鬼含冤哭女蘿，
莫道英雄心便死，
滿腔熱血此時多。

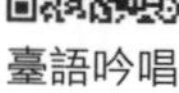
臺語吟唱

客語吟唱

作者

許夢青（1870-1904），字炳如，又字荊石、蔭亭，號劍漁，鹿港人，清治時期秀才。文采出眾、思維開闊，以許劍漁名聞詩壇，深富正義感。乙未之役參加義軍奮戰八卦山，不敵軍備精良之日軍。不料胞弟驟逝，哀痛逾恆，其後又遭逢四次親人死別，頓感孤身一人，乃寄情於詩酒，最終抑鬱病逝。文壇將許夢青、洪棄生與施梅樵並列為棄地遺民精神的典型代表，許夢青亦是已故國寶級音樂家暨教育家許常惠（1929-2001）之祖父。

注釋

一，感舊：感懷昔日。

二，不堪回首：不忍回憶過去的人事物。

三，山河：江山、國土。

四，瀛海：大海。

五，滔滔：水流滾滾不絕。

六，逝波：逝去的流水。

七，萬戶：千門萬戶，形容家家戶戶。

八，劫火：戰火。遇到兵火劫難。佛教用語，指災難。

九，三臺：臺北、臺中、臺南，過去分別為臺北府、臺灣府、臺南府。泛指全臺灣。

十，干戈：武器。泛指戰爭、兵事。

十一，故交：故人、老朋友。

十二，飲恨：含恨。

十三，女蘿：寄生植物的一種。比喻情侶或夫妻關係，典出《古詩十九首．冉冉孤生竹》。在此指妻女。

詩題解析

清治時期秀才許夢青作詩緬懷參與乙未之役的義軍故友，抱憾義憤之作。

詩文解譯

我不忍心再回憶過去的山河景色，它已經隨著大海滾滾的波浪消逝而去。千家萬戶中冒煙者，都是遭受戰火劫難，全臺各地已經沒有一處不捲入戰爭了！曾經跟我加入義勇軍對抗外敵而成仁的朋友們，已經埋骨在芳草之下，而剛剛捐軀的志士，妻女正在含冤痛哭。不要以為這樣就會使我們這些抗敵的英雄死心，這時候滿懷抱負、誓死抗敵的志士反而更多了！

註解

* 許劍漁、許幼漁，《鳴劍齋遺草》（高雄市：大友書局，1960年），頁28。

❻弔簡大獅

錢振鍠（1918年）*

「
痛絕英雄瀝血時，
海潮山湧泣蛟螭。
他年國史傳忠義，
莫忘臺灣簡大獅。
」

臺語吟唱

客語吟唱

作者

錢振鍠（1875-1944），字夢鯨，號名山，又號庸人、謫星、藏之，江蘇省武進縣、陽湖縣（時為江蘇陽湖菱溪）人，清國進士。1909年歸鄉教授弟子。

簡大獅遺像，在日方通緝文書，描述其相貌特徵，為方顏、鼻大且扁平、凸頰（顴骨明顯）、暴牙、高瘦，照片與形容一致。（資料來源：田中芳男，《台灣帖》出版地不詳，1908年，無頁碼）

注釋

一，弔：祭奠死者。

二，痛絕：悲痛欲絕。

三，瀝血時：形容就義的時候。簡大獅遭絞刑而死。瀝血，滴血、流血。

四，海潮山湧：海浪洶湧澎湃如山那樣高。在此比喻輿論哀悼簡大獅，如海浪般洶湧高聳。上海《申報》1900年3月社論批判廈門官員協助日警逮捕簡大獅，並將簡大獅描述為抗日「義民」；簡大獅遭處刑後，上海《新聞報》於4月的社論亦嚴厲批判清國官員。時值清國積弱，民族意識興起，義和團高舉「扶清滅洋」之際，輿論紛紛將簡大獅視為「壯烈成仁」抵抗外敵的英雄人物[1]。

五，蛟螭：蛟龍。在此形容簡大獅。

詩題解析

清國進士錢振鍠賦詩，憑弔臺灣的武裝抗日領袖簡大獅壯烈成仁之精神。

詩文解譯

英雄從容就義的時候，我悲痛欲絕；輿論民情為英勇若蛟龍的簡大獅悲泣，宛如大海的浪潮，洶湧如山。日後清國的歷史要傳承忠義精神，絕對不能遺忘臺灣的簡大獅啊！

簡大獅

簡大獅（1868-1900），本名簡忠誥，宜蘭市崁興里（時為噶瑪蘭城十六崁）人，武裝抗日指標人物。日治初期參與多起臺北地區抗日戰役，根據地雖在金山、淡水一帶，卻是全臺家喻戶曉的人物，與柯鐵虎、林少貓並列臺灣「抗日三猛」。1899年潛逃至福建漳州，由於日本帝國臺灣總督府對其相當忌憚，遂以釋回原臺東知州各軍副統領劉德杓為條件，要求清政府引渡簡大獅回臺。1900年3月11日，清國官吏逮捕簡大獅交日本政府遣送臺灣，簡氏因此被洪棄生稱之為「國事犯」，同年3月29日遭法院判處絞刑，年僅32歲。

「時窮節乃見」，據當時親殖民政府的日文媒體《臺灣日日新報》報導，在死牢中的簡大獅神態自若，不發一語，總是維持靜坐的姿勢，曾被日方紀錄到有自盡的跡象，但在看守嚴密監視下，使其沒有絲毫的機會。行刑前，典獄官詢問是否有遺言交代？被套上布袋的簡大獅說：「希望把我今日毫無畏懼的情態傳達故鄉宜蘭」，語畢，從容不迫地上了絞刑臺[2]。

「慷慨殺身易，從容就義難」，從上述資料顯示，簡大獅心中確有崇高的自我定位，與一般土匪層次不同。日本官方史料及一些民間歌謠所載的簡大獅是強搶民產、危害治安之人，但就反殖民角度而言，簡大獅是義民、烈士、民族英雄，終戰後入祀高雄市忠烈祠。

註解

* 錢振煌，《名山詩集》，1947年刻本影印，收錄於王偉勇主編，《民國詩集叢刊：第一編》（臺北市：文听閣圖書公司，2009年），頁98-99。

1 詳見：陳志剛，〈從「土匪」到「中國民族主義」簡大獅的形象與20世紀前期的臺灣與中國社會〉，《史繹》期40（臺北：臺灣大學歷史學系，2020年3月），頁157-158。

2 〈簡大獅絞首臺に上る〉，《臺灣日日新報》，1900（明治33）年3月30日，版5。

❼ 詠臺灣獨立軍旗

林子瑾（1924年）*

一場春夢去無痕，
畫虎人爭目笑存。
終是亞洲民主國，
前賢成敗莫輕論。

臺語吟唱

客語吟唱

作者

林子瑾（1878-1956）字少英，號大智，臺中市（時為彰化縣大墩街）人。日治時期曾與林獻堂參與臺灣議會設置請願運動，是櫟社、臺灣文社的核心人物；曾響應蔣渭水參與臺灣文化協會、臺灣議會期成同盟會。1923年12月16日治警事

臺灣民主國官紳與兵勇一行護送總統玉璽與藍地黃虎旗至唐景崧撫署。（資料來源：《點石齋畫報》）

件發生，林子瑾被傳訊，後於1924年末避居北京[1]。1956年病逝北京，返臺心願未圓。林子瑾思想進步創新，曾翻譯西方學術論述，可惜相關文獻大都毀於文化大革命。

注釋

一，春夢：比喻美好而短促易逝的事。

二，畫虎：即畫虎不成反類犬，喻仿效失真，反而得到反效果，此一語雙關，指臺灣民主國雖稱民主但非真民主，貌似獨立建國掙脫控制，但實際層面仍是擁清。

三，目笑：眼神透露出輕挑、嘲諷的神情。

四，亞洲民主國：1895年時任清國臺灣巡撫唐景崧成立臺灣民主國，是亞洲第一個以民主國自稱的國家。不過，總統並非由人民選出，政府官僚職權的合法性並非由全民賦予，也沒有專屬於國家的軍隊。所謂獨立建國只是為了對抗日本，實際上仍對清帝國「恭奉正朔，遙作屏藩」，未與清帝國真正脫離關係。[2]

五，莫輕論：不要輕率地論斷。

詩題解析

林子瑾緬懷、歌詠臺灣民主國。1895年《馬關條約》割讓臺灣消息傳來，悲憤的臺灣官紳擁護臺灣巡撫唐景崧為大總統，成立臺灣民主國[3]。民主國以「藍地黃虎旗」為國旗，不幸乍起乍落，僅150天即滅亡。

詩文解譯

臺灣民主國就像是一場春夢，短促逝去了無痕跡，以「藍地黃虎旗」為國旗的國家，現在只留存畫虎不成的印象而受人嘲笑。但它終究是亞洲第一個以民主之名成立的國家，對前賢的努力，不要輕率地論斷成敗！

註解

* 出自：林資修，《櫟社第一集・瑾園詩抄》（霧峰：櫟社，1924年2月25日），頁71。瑾園詩抄共收錄林子瑾21首詩作。本書推測約作於1924年。詳見：施懿琳編，《瑾園文酒避囂塵，林子瑾詩文史料選集》上冊（臺南：國立臺灣文學館，2021年），頁158。

1 詳見：施懿琳編，《瑾園文酒避囂塵，林子瑾詩文史料選集》下冊（臺南：國立臺灣文學館，2021年），頁230-233。

2 詳見：薛化元編著，《臺灣開發史》（臺北：三民書局，2022年5月增訂7版1刷），頁126。

3 詳見：薛化元編著，《臺灣開發史》（臺北：三民書局，2022年5月增訂7版1刷），頁125。

啟蒙運動初期

1921年兩大重要事件開啟了臺灣的啟蒙運動，一是1月30日的臺灣議會設置請願運動（簡稱「臺議運」），是為民主啟蒙，另一是10月17日蔣渭水成立的「臺灣文化協會」，是為文化啟蒙運動。「臺議運」由林獻堂領導先賢遠赴東京帝國議會請願，爭取設置議會，凡14年請願合計15次，連署人數最多達2,684人，歷經重重阻撓仍奮鬥不懈，1934年落幕，換來1935年臺灣史上第一次選舉。臺灣文化協會藉由辦報紙、讀報社、講談會、電影巡迴放映等，宣講民主、自由與人權，倡議文化現代化，揚棄迷信、吸鴉片等守舊文化。啟蒙運動激發了臺灣人民前仆後繼的民主追求。

臺灣新文化運動的重要推手之一《臺灣民報》總批發處設置於蔣渭水的大安醫院並由人力車送報。（資料來源：蔣渭水文化基金會提供）

❽ 自由花

賴和（1919年）*

「
自由花蕊正萌芽，
風要扶持日要遮。
好共西方平等樹，
放開廿紀大光華。
」

臺語吟唱

客語吟唱

作者

賴和（1894-1943），本名賴癸河，筆名懶雲，彰化人，醫師暨社會運動者。15歲時學漢學，具備深厚的漢文基礎。1914年畢業於臺灣總督府臺北醫學校，是蔣渭水高一屆的學長，因此機緣於1921年加入臺灣文化協會擔任理事，為文

賴和先生肖像。
（資料來源：賴和文教基金會提供）

化抗日奔走、積極推動文化啟蒙，為臺灣新文學運動之開創者，有「臺灣新文學之父」美譽。創作漢詩一千多首，既多且精，內容充滿警世批判精神以及人道關懷。

注釋

一，花蕊：花苞、花。唐・杜甫〈花底〉詩：「紫萼扶千蕊，黃鬚照萬花」。
二，萌芽：草木出生，比喻事物剛開始進行。
三，扶持：攙扶。支持、照顧。
四，廿紀：二十世紀。
五，光華：燦爛的光輝。

詩題解析

賴和以花為喻，描述民主自由正要發芽滋長，充滿希望的時代。

詩文解譯

追求平等、自由、民族自決的風潮，在臺灣就像剛長出來的花苞一樣；在此關鍵時刻，我們要為理想擋風遮日，排除各種阻力和摧殘，才有機會可以和歐美先進國家共享平等樹的果實，在20世紀綻放華麗的光芒！

註解

* 賴和，《賴和全集．漢詩卷》（臺北市：前衛出版社，2000年），頁317。

⑨喜謝文達君飛行成功

王竹修（1920年）*

翩翩果是人中鳳，
振翼欣從天外翔，
志切凌雲看鶴舞，
才高捧日逐鷹揚。
祇緣達變開新運，
豈為倦飛返故鄉，
絕技漫誇斯美士，
瀛東更有謝家郎。

臺語吟唱

客語吟唱

作者

王竹修（1865-1944），字養拙，號虛菴，又號逸叟，臺中人，清治時期秀才。1890年時王氏之父受施九緞事件牽連，王氏自請代父受罪，然未獲同意，致使生活困頓。日治時期喪妻罹病，幸得經商之胞弟資助而度過難關。1929年創辦臺中「東墩吟社」，曾任社長。其漢詩有美名，與新化王則修、南投張達修並稱「三修」。兼擅書法，與王石鵬、王則修並稱「三王」，國立臺灣美術館有典藏其書法作品[1]。

注釋

一，翩翩：鳥輕飛的樣子、行動輕快的樣子、舉止灑脫的模樣。

二，人中鳳：人中豪傑。

三，振翼：展翅飛翔。

四，天外：天邊之外。比喻高遠之處。

五，志切凌雲：志氣彷若超越天際，比喻志向高遠。凌雲，乘雲高飛。

六，看鶴舞：看著鶴鳥飛舞的優雅姿態。

七，才高捧日：才華出眾達到接近太陽的高度。

八，逐鷹揚：追逐老鷹一同飛揚。

九，祇緣：只因。

十，達變：語出「達權知變」，指不墨守常規，而根據實際情況作適當的處置。

十一，倦飛：疲於飛翔。比喻歸隱。

十二，漫誇：最優秀、極稀有。

十三，瀛東：臺灣。

詩題解析

1920年，臺灣第一位飛行機駕駛員謝文達返鄉，在臺中進行首次飛行表演，轟動全臺。王竹修賦詩表達對謝文達的推崇，因同為臺中人而與有榮焉。

詩文解譯

謝文達君果然是人中豪傑，駕駛著飛機欣喜的在天外展翅翱翔。謝君壯志凌雲，在天上高飛看玄鶴起舞；才華出眾、勇於實踐自己的夢想，奮揚如鷹。

謝君此次的飛行行動，是因為要掌握時勢為臺灣人開創新局，怎麼可能是倦於飛翔而返回故鄉呢？謝君飛行的絕技並非空享盛名，誰能想到臺灣也能出現這麼一位傑出的謝家兒郎呢。

謝文達肖像。（資料來源：謝安莉女士提供）

昨日本社を訪問せる
本島唯一の飛行家
謝文達君
（傍に立てるは助手）

本島唯一的飛行家謝文達君。（資料來源：《臺灣日日新報》）

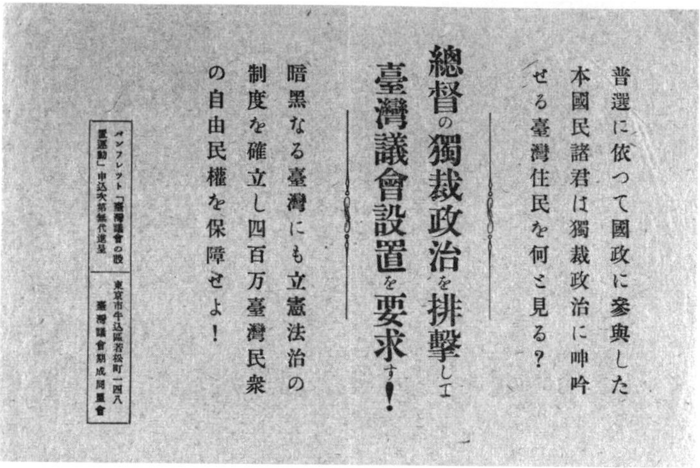

普選に依つて國政に參與した
本國民諸君は獨裁政治に呻吟
せる臺灣住民を何と見る？

總督の獨裁政治を排擊して
臺灣議會設置を要求す！

暗黑なる臺灣にも立憲法治の
制度を確立し四百万臺灣民衆
の自由民權を保障せよ！

パンフレット「臺灣議會の設置運動」申込次第無代進呈
東京市牛込區若松町一四八
臺灣議會期成同盟會

謝文達開飛機拋撒之「臺灣議會設置請願」訴求之傳單。（資料來源：許明淳先生提供）

註解

* 此詩收於《臺灣文藝叢誌》第2年第8號，「詞苑」欄，1920年。詳見：《全臺詩》第22冊（臺南：國立臺灣文學館，2012年），頁109。

1 詳見：臺灣文學館線上資料平臺：https://db.nmtl.gov.tw/site5/author?id=1016

2 參見：〈【上報人物】徘迴3個祖國之間　臺灣首位飛行員之子：我的父親謝文達〉，https://www.upmedia.mg/news_info.php?Type=5&SerialNo=26476

謝文達（1901-1983），臺灣第一位飛行員。1919年赴日學習駕駛飛行機，1920年學成後返回故鄉，在臺中及臺北等地舉行飛行表演，受臺灣官民熱烈歡迎。謝文達作為臺灣子弟也能擁有飛行技能，與日本人一較高下、甚至和西方進步的科技文明齊步，激勵了當時被視為次等公民的臺灣人，臺灣人的本土意識崛起。蔣渭水曾為其舉辦歡迎會、組成後援會，1921年10月17日臺灣文化協會成立之日，乃是致敬1920年謝氏返臺首度飛行表演之日。

1923年2月，蔣渭水等人至日本東京進行第二次臺灣設置議會運動期間，謝文達駕駛飛機在東京上空散發傳單聲援，寫著「臺灣人呻吟在暴戾政治之下久矣！」「給臺灣人議會吧！」等文字，此舉無疑放棄飛行員大好前程，其後牽連家族遭日本帝國政府打壓，謝氏被迫退出日本飛行界。

謝氏參加臺灣文化協會演講、為佃農請命、思想逐漸左傾，後舉家遷往中國，投身國民革命軍航空大隊擔任教官，1928年北伐完成後改制空軍，1929年任空軍新編大隊長，1930年7月作戰墜機汨羅江負傷，後改任參謀。九一八事件後中華民國仇日情緒升高，謝氏雖入中華民國籍，但因臺灣人的身分、又曾思想左傾，忠誠度受懷疑。戰後返臺任省議會專門委員、臺灣機械鑄造廠廠長。

綜觀謝文達一生，盡顯日治時期臺灣人面臨的認同問題，遭到統治者的打壓，菁英份子空有才幹卻無從施展、進退失據的悲哀處境[2]。

⑩送林獻堂先生之東京

（七律四首　其二）

賴和（1922年）*

陸沉忽已遍神州，
到處南冠泣楚囚，
愧我戀生甘忍辱，
多君先覺獨深憂。
破除階級思平等，
掙脫強權始自由，
欲替同胞謀幸福，
也應悟到死方休。

賴和醫師攝於1920年。（資料來源：賴和文教基金會提供）

臺語吟唱　客語吟唱

作者

賴和（1894-1943），本名賴癸河，筆名懶雲，彰化人，醫師暨社會運動者。15歲時學漢學，具備深厚的漢文基礎。1914年畢業於臺灣總督府臺北醫學校，是蔣渭水高一屆的學長，因此機緣於1921年加入臺灣文化協會擔任理事，為文化抗日奔走、積極推動文化啟蒙，為臺灣新文學運動之開創者，有「臺灣新文學之父」美譽。創作漢詩一千多首，既多且精，內容充滿警世批判精神以及人道關懷。

注釋

一，陸沉：國土沉淪。

二，神州：當時的中華民國。
三，南冠楚囚：此指被日本人統治的臺灣人。
四，戀生：貪戀生命。
五，多：稱讚、讚美。
六，先覺：比他人先覺悟的人。
七，階級：本詩中指的是日本總督府將臺灣人視為次等公民，給予差別待遇的統治。
八，悟：覺醒、明瞭。
九，休：歇息、停止。

詩題解析

這組律詩有三首，賴和寫於1922年，表達對林獻堂的欽佩，本書僅採錄第二首。

1921年1月30日，林獻堂登高一呼，領導臺灣各界人士向日本東京帝國議會提案，要求設立臺灣議會，提案連署人數共有178位，請願代表前往東京帝國議會，展開第一次「臺灣議會設置請願運動」，力圖改善臺灣人的地位。第二次則是在1922年2月16日，共512人連署提案，林獻堂等請願代表再赴東京帝國議會請願，推測本詩作於此時。

詩文解譯

當時的中華民國陷入軍閥混戰、四分五裂的景況，而臺灣人仍舊遭受日本的殖民統治，我感到羞愧的是自己貪生怕死忍受被殖民的恥辱，佩服您很早就有覺悟卻獨自在憂國憂民。臺灣人民想要獲得公平、對等的待遇，必須打破、去除殖民政府的階級統治；只有努力擺脫強權壓迫，我們才能有自由的生活。您展開行動要為臺灣同胞爭取圓滿幸福的生活，我知道您已經有所覺悟，抱著誓死不休的決心了！

林獻堂先生肖像。（資料來源：霧峰林家花園林獻堂博物館提供）

林獻堂（1881-1956），名朝琛，字獻堂，號灌園，臺中市霧峰區（時為臺灣府彰化縣）人，霧峰林家頂厝系領導人。出身阿罩霧望族，為經歷清領、日治、戰後三次政權遞嬗之民間領袖。日治時期領導文化抗日，諸如臺灣議會設置請願運動、臺灣文化協會、臺灣地方自治聯盟等，以民主與文化啓蒙了臺灣知識分子，促成臺灣總督府改革地方制度並於1935年開辦臺灣史上第一次選舉，立下臺灣民主發展史的里程碑。終戰後目睹好友們因二二八大屠殺而遭死難，不久後避居日本，未再歸故里。林獻堂對臺灣民主的貢獻，後世稱譽為「臺灣議會之父」、「臺灣第一公民」。

註解

* 賴和，《賴和全集．漢詩卷》（臺北市：前衛出版社，2000年），頁327。

⓫送蔡培火蔣渭水陳逢源三君之京

林幼春（1923年）*

「

一往情深是此行，

中流擊楫意難平，

風吹易水衝冠髮，

人唱陽關勸酒聲。

意外鯤鵬多變化，

眼中人獸漫縱横，

臨歧一掬男兒淚，

願為同胞倒海傾。

」

林幼春先生肖像。
（資料來源：《人文薈萃》）

臺語吟唱

客語吟唱

女聲吟唱

作者

林幼春（1880-1939），原名資修，號南強，臺中市霧峰區（時為臺灣府彰化縣）人。出身臺灣阿罩霧望族，是霧峰林家下厝系林文明之孫，1902年與林朝崧（號癡仙，林文明之子）創設「櫟社」。1921年與堂叔林獻堂投入臺灣議會設置請願運動，曾任臺灣文化協會協理，《臺灣民報》社長等。1923年因治警事件被捕入獄，後來被判刑3個月。體弱多病的林幼春經此折磨後，健康狀況頗受摧殘，出獄後淡出政治運動。林幼春詩作傑出，用典嚴謹，被譽為「漢學界臺灣第一才子」。

注釋

一，之京：前往東京。

二，一往情深：形容感情真摯，一旦投入，始終不變。

三，中流擊楫：典故出自《晉書．卷六二．祖逖傳》，晉國祖逖率軍北伐，渡江至中流時，擊打船槳而立誓恢復中原。比喻立誓收復失土，報效國家的氣魄。在本詩中指的是請願運動者誓言此行能成功的熱血氣魄。楫：行船划水所用的槳。

四，易水衝冠髮：怒髮衝冠，慷慨激昂。典出荊軻為燕國太子報仇，前往秦國行刺秦王。他在易水河邊與送行者告別，唱著「風瀟瀟兮易水寒，壯士一去兮不復還」。

五，陽關：古時陸路通往西域的重要關口，通常在此送別；古時交通不便，陽關的生離幾乎就是死別了。本詩呼應王維所作之送別詩〈渭城曲〉（又名〈陽關三疊〉）：「渭城朝雨浥輕塵，客舍青青柳色新。勸君更盡一杯酒，西出陽關無故人。」

六，鯤鵬：鯤是傳說中的大魚，典出《莊子．逍遙遊》。鵬是古書中記載的大鳥，傳說中能一飛數千里。在本詩中鯤鵬指的是三君子，是碩大無比的巨鳥、翱翔千里的大魚，比喻豪氣凌雲的英雄豪傑。

七，人獸：衣冠禽獸。本詩指的是日本殖民政府官吏。

八，漫：放縱不加拘束、滿溢。

九，縱橫：交錯眾多。

十，臨歧：歧，分岔的道路。送別時往往在岔路口，因此，臨別說再見時，也稱為臨歧。

十一，掬：用雙手捧取。

十二，倒海傾：迴山倒海，力量巨大，氣勢壯闊。

詩題解析

1923年，第3次的臺灣議會設置請願運動，請願代表蔡培火、蔣渭水、陳逢源赴東京之前，各界在臺北大稻埕舉行餞別宴，席間林幼春作此詩，表達臺灣人對請願運動的殷切期盼。1923年3月，本詩由《臺灣》雜誌刊登。

詩文解譯

你們懷抱著對臺灣人民與土地一往情深的熱愛，踏上了路途，意氣昂揚地立誓，要使請願運動成功的決心與氣魄，讓大家感動得心情久久難以平靜。

春寒料峭，冷風吹襲，請願隊伍堪比荊軻義憤填膺，頭髮豎直，慷慨悲憤的在易水濱向燕太子丹辭行，誓言「壯士一去兮不復返」般的悲壯；餞行者吟唱著王維所作的詩〈陽關三疊〉來勸酒，表達關心、祝福與依依不捨。

這一趟請願的路程，各位理想干雲的英豪壯士一定會遇到各種難以預料的變化，因為不文明有如禽獸的殖民統治者到處可見，隨時可能使出各種手段來阻擋請願運動。

揮別的時刻到來，再怎麼有淚不輕彈的男子漢，也忍不住流下如海潮般澎湃的熱淚啊！

註解

* 林資修，《南強詩集》（臺北市：龍文出版社，1992年），頁41。

蔡培火（1889-1983），號峰山，雲林北港人。日治時期致力於推展臺灣議會設置請願運動，善用宗教人脈結交日本政界與文教界人士，使其了解並支持臺灣人追求民主之理念，15回請願運動，無役不與。此外，也參與臺灣文化協會、臺灣民衆黨、臺灣地方自治聯盟。擔任《臺灣青年》、《臺灣民報》、《臺灣新民報》等雜誌編輯，提升臺灣人文化意識與知識水準。1923年因治警事件被捕，後來被判刑4個月。

蔣渭水

蔣渭水（1888-1931），字雪谷，宜蘭市人，醫師。日治時期在臺北市開設大安醫院。1921年呼應林獻堂參與臺灣議會設置請願運動。1921年10月17日創設臺灣文化協會，經辦並發行《臺灣民報》，致力普及大衆現代化知識。1923年因治警事件被捕，判刑4個月。1927年創立臺灣民衆黨，1931年遭臺灣總督府解散。蔣氏一生中被拘入獄十數次。1931年罹患傷寒而逝，友人舉行大衆葬，五千餘人自發性參加，大稻埕店家休市致哀，備極哀榮。

陳逢源

陳逢源（1893-1982），字南都，臺南府城人，詩人暨金融實業家。陳氏乃地主之子。1921年起即參加臺灣議會設置請願運動及臺灣文化協會。1923年因治警事件入獄，後來被判刑3個月。《臺灣民報》周刊改為《臺灣新民報》月刊時任經濟部長。

林幼春（前排左一）與林獻堂（前排左三）歡迎日本眾議院議員田川大吉郎（前排左四）來臺訪問，霧峰林家奉為上賓合影。（資料來源：霧峰林家花園林獻堂博物館提供）

⑫高山流水

蔡惠如（1925年）*

立言不朽本來難。況棲居、荊棘臺灣。平等自由聲，何時響徹人間。關心處、故舊河山。潮流感，喚起青年雜誌，力挽狂瀾。筆尖嚴斧鉞，誅暴又鋤奸。　　句刊。操觚盡英俊，看滿紙、玉潤珠圓。還可喜，鼎新革故，覺醒愚頑。萬人爭讀白文言。到今日，出世纔經五載，有補時艱。祝長生，遙呼萬歲唱民權。

臺語吟唱

客語吟唱

作者

蔡惠如（1881-1929），名江柳，字鐵生，臺中清水人，清水望族。曾經營米糖實業，日人曾指派擔任臺中區長，後推動臺灣民主啟蒙運動。曾在東京率學生創立「新民會」，推舉林獻堂為會長，自任副會長。其後參與臺灣議會設置請願運動；並曾捐資創辦文化與民主啟蒙刊物《臺灣青年》，此為《臺灣民報》前身。1923年治警事件發生，被拘捕50餘日，後來被判刑3個月定讞，服刑期間創作不少漢詩。

注釋

一，立言不朽：樹立精闢可流傳後世不朽的言論、學說。
二，況：原作為「况」，是況的異體字。何況、況且。
三，棲居：棲息、居住。
四，荊棘：多莿的灌木。比喻困難、紛亂、到處都有凶險。
五，青年雜誌：此處應指詩人捐資創辦之文化與民生刊物《臺灣青年》雜誌。
六，力挽狂瀾：比喻盡力挽回險惡的局勢。
七，筆尖嚴斧鉞：指下筆嚴厲，下一個字的貶損程度比斧鉞之刑還要嚴厲。鉞，比斧還大的武器，也作為帝王的禮杖。
八，旬刊：每隔十天出版一次的刊物。
九，操觚：操觚指執筆寫文章。觚，木簡，古時在木簡上書寫。

十，英俊：才能出眾的人。

十一，滿紙：指整篇文章。

十二，玉潤珠圓：像珠子般渾圓，玉石般溫潤。比喻文詞圓熟或歌聲圓潤。

十三，鼎新革故：建立新制，革除舊弊。

十四，覺醒愚頑：使愚昧、頑固的人覺醒。

十五，纔：僅、只。

十六，載：計算時間的單位。相當於「年」。一載就是一年。

十七，補：添補所缺。

十八，時艱：時局艱難。

十九，唱：倡導。通「倡」。

詞題解析

此詞作成背景為慶祝「臺灣雜誌社創辦五周年」，《臺灣民報》推出特別號以誌紀念，蔡惠如為文〈就臺灣雜誌社五週年紀念的感想〉一篇，並在文末附上此詞。

《臺灣青年》是留學東京的臺灣學生組織「新民會」的機關刊物，於1920年7月開始發行，1922年4月改組為《臺灣》雜誌，並在1923年4月演變為《臺灣民報》。蔡惠如不僅在《臺灣青年》草創初期募捐解決資金問題，刊物發行後也數度發表文章，希望能喚醒臺灣人自覺，關心臺灣的前途與命運，並追求平等與自由。

從此詞中能看出蔡惠如對於臺灣這片土地的熱愛與期盼，希望藉由發行刊物，達到向臺灣人推展民族意識及文化啟蒙的效果，同時也肯定了《臺灣民報》及其前身所刊登的文章，確實發揮了啟迪民智的關鍵效果。

詞文解譯

寫文章追求精闢立論以流傳後世本來就很難，更何況是居住在被殖民統治的臺灣。平等與自由的呼聲，不知何時才能普及於人間，而我所關心的，就是原本的家國。隨著國際潮流的湧現，喚起我們創辦青年雜誌，希望能盡力挽回今日險惡的局勢，我們下筆如刀劍，希望為文能誅滅暴行與奸佞。

10天出版一次的刊物，執筆者都是才能出眾之士，整本讀來文辭流暢，更令人感到高興的是，文章內容都是在革除舊弊、倡議改良，促使愚昧頑固的人也能覺醒。文章以白話文寫成，也引來萬人爭讀。時至今日，這份雜誌創刊僅僅5年，卻對於艱難的時局有所助益。祝福《臺灣民報》能永久存在，讓我們遙呼萬歲、倡導民權！

《臺灣民報》關係者於東京創立時合影，坐者左起蔣渭水、蔡培火、陳逢源、林呈祿、黃朝琴、蔡惠如，立者蔡式穀、黃呈聰。（資料來源：蔣渭水文化基金會提供）

註解

* 出自：蔡鐵生，〈高山流水〉，《臺灣民報》，1925年8月26日，版39。轉引自廖振富，〈從「富家公子」到民族運動「啟蒙先驅」──蔡惠如生平與作品新論〉，《臺灣文學研究學報》第17期，（臺南：國立臺灣文學館，2014年），頁172。

⓭ 吾人

賴和（1924年）*

鬱鬱居常恐負名，
祇緣羞作馬牛生，
世間未許權存在，
勇士當為義鬥爭。
一體有情何貴賤，
大千皆佛不聞聲，
靈苗尚自無均等，
又敢依違頌太平。

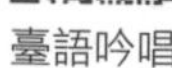
臺語吟唱

客語吟唱

女聲吟唱

賴和先生肖像。
（資料來源：賴和文教基金會提供）

作者

賴和（1894-1943），本名賴癸河，筆名懶雲，彰化人，醫師暨社會運動者。15歲時學漢學，具備深厚的漢文基礎。1914年畢業於臺灣總督府臺北醫學校，是蔣渭水高一屆的學長，因此機緣於1921年加入臺灣文化協會擔任理事，為文化抗日奔走、積極推動文化啟蒙，為臺灣新文學運動之開創者，有「臺灣新文學之父」美譽。創作漢詩一千多首，既多且精，內容充滿警世批判精神以及人道關懷。

注釋

一，吾人：我們、我輩。
二，鬱鬱：悶悶不樂。
三，居常：平常、日常。
四，衹：恰、只、正。
五，衹緣：只因為。
六，權：人權。

七，勇士：有勇氣、有膽量的人。

八，義：合乎公理正道。

九，鬥爭：爭鬥。

十，一體：全體、一律。

十一，大千：三千大千世界，乃佛法用語，指廣大無邊的世界。

十二，靈苗：聖賢的後裔。此處指臺灣人民。

十三，依違：附和當權者的言論。

十四，太平：極盛之世。

詩題解析

追隨蔣渭水從事民主與文化啟蒙運動的賴和醫師，作詩反思自身作為一個人，以及作為一個臺灣人應該有的自覺。

詩文解譯

我寧願悶悶不樂，委屈自己過著平常人生活，以免在這個世上留下負面的名聲，因為我羞愧於自己像馬牛牲口般的被對待。殖民政府不允許天賦的人權存在，所以有勇氣、有膽識的人應該站出來，為實現公理、正義而奮鬥。世界上的有情眾生是一體而平等的，不應該有富貴、貧賤的分別，廣大無邊的大千世界處處有佛存在，為何不見聞聲救苦？在臺灣同胞還沒有被公平對待的現在，我怎麼敢像其他有些人一樣違逆實情，歌頌現在是太平盛世呢？

註解

* 賴和，《賴和全集．漢詩卷》（臺北市：前衛出版社，2000年），頁458。

治警事件

1923年1月16日，蔣渭水等人以石煥長為負責人成立「臺灣議會期成同盟會」（簡稱「議期盟」），向臺北州北警察署提出結社報備，2月2日遭當局禁止。2月16日蔣渭水、蔡培火、陳逢源、蔡惠如、林呈祿等人轉至東京早稻田區警察署結社報備獲准。同年12月16日臺灣總督府以違反《治安警察法》逮捕「議期盟」會員，遭迫害者達99人*，史稱「治警事件」。「治警事件」被捕者皆臺灣菁英，引起臺民對殖民政府反感，並意外激發民眾關心時政、反壓迫之意識。

1924年2月18日治警事件「豫審」後受難者假釋出獄者與迎接者大合照。（資料來源：蔣渭水文化基金會提供）

註解

* 「同日被搜查扣押者41人，被搜查傳訊者11人，被搜查者12人，被傳訊者35人，一共99人，」引自：施懿琳編，《瑾園文酒避囂塵，林子瑾詩文史料選集》下冊（臺南：國立臺灣文學館，2021年），頁230-231。

⑭ 意難忘

蔡惠如（1925年）*

（下獄之日清水臺中人士見送，途將為塞，賦此鳴謝）

芳草連空。又千絲萬縷，一路垂楊。牽愁離故里，壯氣入樊籠。清水驛，滿人叢。握別到臺中。老輩青年齊見送，感慰無窮。　　山高水遠情長。喜民心漸醒，痛苦何妨。松筠堅節操，鐵石鑄心腸。居虎口，自雍容。眠食亦如常。記得當年文信國，千古名揚。

蔡惠如攝於治警事件後。
（資料來源：蔣渭水文化基金會提供）

臺語吟唱

客語吟唱

女聲吟唱

作者

蔡惠如（1881-1929），名江柳，字鐵生，臺中清水人，清水望族。曾經營米糖實業，日人曾指派擔任臺中區長，後推動臺灣民主啟蒙運動。曾在東京率留學生創立「新民會」，推舉林獻堂為會長，自任副會長。其後參與臺灣議會設置請願運動；並曾捐資創辦文化與臺灣主體意識啟蒙刊物《臺灣青年》，此為《臺灣民報》前身。1923年「治警事件」發生，被拘捕50餘日，被判刑3個月定讞，服刑期間創作不少漢詩。

注釋

一，芳草連空：形容春意盎然，各處皆有賞心悅目的花草。
二，千絲萬縷：綿密而繁複。

三，垂楊：柳樹的別稱。古代柳樹有挽留的意思，指送行者的挽留與不捨。

四，壯氣：雄壯的氣概。

五，樊籠：鳥籠。比喻束縛不得自由。典故出自東晉陶淵明詩〈歸園田居〉：「久在樊籠裡，復得返自然。」本詩指監獄，臺中刑務所。

六，驛：原意是驛站，古代傳送公文往來換馬的休息站。在此是日文漢字，指火車站。

七，人叢：聚集眾多的人群。

八，無窮：不盡、沒有盡頭、沒有極限。

九，山高水遠：比喻路途遙遠，重重阻隔。

十，松筠堅節操：松竹長青，歲寒不凋，比喻堅貞的節操。

十一，鐵石鑄心腸：比喻意志堅定。

十二，虎口：老虎的大口，比喻危險的境地。

十三，文信國：文天祥，官至右丞相，最後被封為信國公，被稱為文信國或文信公，因官拜少保，也稱文少保。宋滅亡之後，文天祥寧死不屈而就義，後世視之為民族英雄。本詞在此取文天祥正氣凜然，寧死不屈之意。

詞題解析

蔡惠如因治警事件最終於1925年判刑3個月定讞，本詞記述他動身啟程，自清水火車站搭火車前往臺中火車站，往臺中刑務所報到服刑，沿途受到熱情民眾自發前往送別的心意而感動。

詞文解譯

這片土地春意盎然，賞心悅目的花草綿延天際。離家的愁緒宛如沿途楊柳樹搖曳下垂的柳條。我懷著悲壯的心情要進去坐牢，來到清水火車站，卻見聚集著滿滿的人潮爭相跟我握手話別，送我前往臺中。年長者與年輕人不分年齡都來送我的摯情，使我感動、安慰無窮盡。

東邊青山高聳入雲，西邊大海流向遠方，看到這片我情感深厚土地上的人民漸漸覺醒而感到很高興，個人的牢獄的痛苦，就變得不重要了！我堅定不移的節操會像松竹長青歲寒不凋一樣，我的心志也將如鐵石般的堅定而不會改變，身在宛如虎口的危險處境下，我安穩自在，飲食生活作息像平常的生活一般。我想起宋末年，文天祥秉持「人生自古誰無死，留取丹心照汗青」的節操，正氣凜然的精神流芳千古。

註解

* 鐵生獄中作，〈意難忘〉，《臺灣民報》，1925年6月21日，版16。

⑮獄中感懷

蔡惠如（1925年）*

鐵門深鎖玉窗虛，
權作桃源避世居，
天地看來俱逆旅，
身心安處即吾廬。
不堪牛馬長呼喚，
應把蝗蟲一掃除，
成敗如今且休問，
盧梭民約見全書。

臺語吟唱

客語吟唱

女聲吟唱

蔡惠如先生肖像。
（資料來源：蔣渭水文化基金會提供）

作者

蔡惠如（1881-1929），名江柳，字鐵生，臺中清水人，清水望族。曾經營米糖實業，日人曾指派擔任臺中區長，後推動臺灣民族啟蒙運動。曾在東京率留學生創立「新民會」，推舉林獻堂為會長，自任副會長。其後參與臺灣議會設置請願運動；並曾捐資創辦文化與民主啟蒙刊物《臺灣青年》，此為《臺灣民報》前身。1923年治警事件發生，被拘捕50餘日，後來被判刑3個月定讞，服刑期間創作不少漢詩。

注釋

一，鐵門：指牢房的門，如銅牆鐵壁。

二，玉窗：玉般珍貴的窗。形容封閉窄小不見天的牢裏，窗戶很可貴。

三，虛：虛設。

四，權作：姑且當作，暫時變通的作法。

五，桃源：同「世外桃源」，指與世隔離，遍地開滿桃花的安樂之地，比喻心中的理想境界。

六，逆旅：旅館，旅社，暫住處。
七，吾廬：我家。
八，不堪：無法忍受、不能勝任。
九，盧梭民約：十八世紀西方政治哲學家盧梭（Jean-Jacques Rousseau）的著作《民約論》，提倡主權在民的觀念，影響西方民主世界甚鉅。

詩題解析

蔡惠如因治警事件於1925年判刑3個月定讞，在臺中刑務所服刑。在獄中寫了不少漢詩回顧自己參與的各種民主自覺運動，雖然服刑，卻堅定不改其志。

詩文解譯

牢房封閉窄小不見天，鐵門緊鎖，牆壁上有一扇窗，我感覺像玉一般的珍貴，但是它看不到外面，宛如虛設。

我調整心境，姑且把這裡當作遠離塵世的桃花源。廣闊的天與地看起來都是萬物的暫時住所，為了爭取臺灣人民民主自治，只要是能讓我身心安頓的地方，我就把它當作自己家。

我們不能忍受被當作牛馬般的呼來喚去，應該要像驅逐啃食農作物的蝗蟲一樣，把不公不義全部清除掉。現在別問我到底會是成功還是失敗？只要看盧梭的《民約論》全書就會知道答案了！

註解

* 鐵生在獄中作，〈獄中感懷〉，《臺灣民報》，1925年5月11日，版16。

⑯獄中寄內

林幼春（1925年）*

板床敗薦尚能詩，
豈復牛衣對泣時，
到底自稱強項漢，
不妨斷送老頭皮。
夢因眠少常嫌短，
寒入春深卻易支，
昨夜將身化明月，
隔天分照玉梅枝。

臺語吟唱

客語吟唱

女聲吟唱

林幼春攝於治警事件後。
（資料來源：蔣渭水文化基金會提供）

作者

林幼春（1880-1939），原名資修，號南強，臺中市霧峰區（時為臺灣府彰化縣）人。林幼春出身臺灣阿罩霧望族，是霧峰林家下厝系林文明之孫，1902年與林朝崧（號癡仙，林文明之子）創設「櫟社」。1921年與堂叔林獻堂投入臺灣議會設置請願運動，曾任臺灣文化協會協理，《臺灣民報》社長等。1923年因治警事件，與蔣渭水、蔡惠如等人被捕入獄，體弱多病的林幼春經此折磨後，健康狀況頗受摧殘，出獄後淡出政治運動。林幼春詩作傑出，用典嚴謹，被譽為「漢學界臺灣第一才子」。

注釋

一，內：婦女、妻妾。

二，板床：以木板為床。

三，敗薦：殘破的草蓆。敗，破敗的、腐爛的、凋壞的。薦，草蓆、草墊。

四，豈復：哪裡能再。

五，牛衣對泣：比喻夫妻共度艱困、貧賤的日子。

六，強項：形容個性剛硬，不願低頭屈服。項，脖子。

七，斷送老頭皮：即使斷送性命，也在所不惜。

八，支：支撐、承受。

九，梅枝：梅花枝枒。林幼春娶妻莊能宜，兩人感情很好，但莊能宜不幸18歲早逝。林幼春於是再娶妻賴書，娶妾王理、柯查某[1]。由於春寒料峭時節，滿枝枒的梅花朵朵盛開，競放鬥艷，在此暗喻詩人的妻妾。

詩題解析

1923年發生「治警事件」，林幼春與蔣渭水、蔡惠如等人被捕入獄。入獄後林幼春寫下包括〈獄中十律〉、〈獄中聞畫眉聲〉、〈詠史〉、〈獄中感春賦落花詩以自遣〉等不少作品，本詩〈獄中寄內〉也是其中之一。

詩文解譯

獄中木板床上鋪著破敗的草蓆，雖然我還是能夠想辦法作詩，但是哪能再回到我們過去同甘共苦的生活呢？我一向是個不肯低頭的硬頸男兒，就算斷送老命也不惜跟殖民政府拚搏對抗。

春天的夜晚還是會冷，但是我還能輕鬆的支撐下來，遺憾的是因為睡眠少，所以夢也短，未能在夢中與卿相遇。終於在昨夜夢中，我身化作一輪明月，隔著高高的天空，分別照亮著春寒料峭下，傲然挺立的梅枝上，盛放、美麗無暇的朵朵梅花。

註解

* 林資修，《南強詩集》（臺北市：龍文出版社，1992年），頁42-43。

1 詳見：李毓嵐，〈日治時期霧峰林家的婚姻圈〉，《臺灣文獻》第62卷第4期（南投：國史館臺灣文獻館，2011年12月），頁241。

⓱繫臺北監獄

（七絕五首）

賴和（1923年）*

功疑惟重罪疑輕，
敕法何嘗喜得情。
今日側身攖乳虎，
糊模身世始分明。

幽囚身是自由身，
尺蠖聞雷屈亦伸。
我向鐵窗三日坐，
心同面壁九年人。

「

未能屋裡見青天，
盆底何知日皎然。
只愛殷勤牆上月，
穿窗特地伴孤眠。

」

「

微蚊破夢作雷鳴，
吮血應嫌太瘦生。
只有此心猶躍躍，
倚床愛聽暮笳聲。

」

「

日色無光雲翳侵，
鐵欄深鎖晝沉沉。
鄰監忽地書聲響，
似向幽冥聽福音。

」

賴和醫師（左一）肖像。（資料來源：賴和文教基金會提供）

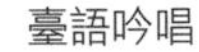

臺語吟唱

客語吟唱

作者

賴和（1894-1943），本名賴癸河，筆名懶雲，彰化人，醫師暨社會運動者。15歲時學漢學，具備深厚的漢文基礎。1914年畢業於臺灣總督府臺北醫學校，是蔣渭水高一屆的學長，由此機緣於1921年加入臺灣文化協會擔任理事，為文化抗日奔走、積極推動文化啟蒙，為臺灣新文學運動之開創者，有「臺灣新文學之父」美譽。創作漢詩一千多首，既多且精，內容充滿警世批判精神以及人道關懷。

注釋

一，功疑惟重罪疑輕：功勞之大小有疑慮時，寧可從重獎賞；罪行輕重有疑慮時，寧可從輕發落。語出《尚書》：「罪疑惟輕，功疑惟重」。

二，敕法：命令、法律。

三，喜得情：欣喜得以符合人情。

四，側身：近身、置身。

五，攖乳虎：觸犯母虎，因為保護幼虎而兇猛異常，比一般虎更能發威。比喻執法嚴酷的官吏。典出蒼鷹乳虎。攖，觸犯。乳虎，哺乳期的母老虎。

六，幽囚：拘禁。

七，尺蠖：昆蟲名。行動時先屈後伸，故用以比喻暫時委屈蟄伏，等待將來伸展抱負。典出《易經・繫辭下》：「尺蠖之屈，以求信（伸）也，龍蛇之蟄，以存身也。」

八，鐵窗：裝有鐵柵欄的窗戶，此處借指為監牢。

九，面壁九年人：比喻詩人坐監獄中，一心不亂，修練功夫，純熟高深。典出達摩面壁功深。

十，太瘦生：指太瘦弱。生，語助詞，無義。語出唐・李白〈戲贈杜甫〉詩：「借問別來太瘦生，總為從前作詩苦」。

十一，躍躍：心動不定的樣子。

十二，暮：傍晚、太陽將落之時。

十三，笳：吹管樂器，樂聲悲涼。

十四，雲翳：陰暗的雲。

十五，鐵欄：用鐵條做成的欄杆，此處亦借指為監牢。

十六，晝：白天。
十七，書聲：讀書的聲音。
十八，幽冥：佛教指地獄。
十九，福音：基督教徒稱耶穌所說的話及其門徒所傳布的教義。

詩題解析

1923年12月16日爆發「治警事件」，賴和亦在被抓捕行列之中，一開始被囚於臺中銀水殿（日人經營的酒店），後被押送移囚於臺北監獄，並在獄中及出獄後相繼寫下〈囚繫臺中銀水殿〉、〈繫臺北監獄〉、〈出獄作〉等多首詩作。本詩即反映當時事件。

詩文解譯

古代判刑的標準，功勞大小有懷疑時從重獎賞，罪行輕重有疑慮時從輕發落，現今的法律、命令卻未曾顧及民情；現在我切身觸犯了殖民者的禁令，過去模糊的民族認同才漸漸分明。

我的軀體雖被囚禁，但在心靈上依然是自由之身，尺蠖小昆蟲聽到雷聲，都會先屈後伸，暫時蟄伏，我對著鐵窗靜坐三日，自覺內心已經有如面壁九年的達摩大師一樣的平靜。

在囚室無法見到天空，也無法從臉盆水面反射出陽光是否清晰明亮？我只愛高牆上殷勤的月光，它總能穿越高高的鐵窗陪伴孤獨的我睡眠。

牢裡微弱的蚊聲，有時宛如雷鳴一般地打破我的夢境，但它在吸吮我的血液時，應該會嫌棄我太過瘦弱吧。不過我爭民主、爭自治的心仍然充滿熱情，總是喜歡倚在床邊聽著傍晚傳來胡笳吹奏的悲壯聲音。

外頭無光的天色被烏雲籠罩，即使白天也是暮氣沉沉。忽然聽到鄰房傳來讀書聲，我彷彿是在地獄裡聽見有人來傳福音一樣。

註解

* 出自：賴和，《賴和全集・漢詩卷》（臺北市：前衛出版社，2000年），頁425。另見：施懿琳主編，《全臺詩》第63冊，（臺南：國立臺灣文學館，2020年），頁256。

⑱獄中雜詠

（七絕十首　其一）

王敏川（1924年）*

獄官指點到監門，

寢具安排日已昏。

莫笑書生受奇禍，

民權振起義堪尊。

臺語吟唱

客語吟唱

作者

王敏川（1889-1942），字錫舟，彰化人，政治運動者。父親王延齡為漢學私塾老師，王敏川自小追隨父親學習漢文。

王敏川攝於治警事件後。
（資料來源：蔣渭水文化基金會提供）

1909年畢業自臺灣總督府國語學校後執教彰化第一公學校。1919年考入並就讀日本早稻田大學政治經濟科，第一次世界大戰後的民族自決思潮在日本頗為主流，王敏川亦深受影響，遂參加臺灣留日學生的臺灣民族運動相關組織如「啟發會」、「新民會」。1920年參與《臺灣青年》雜誌（後改名為《臺灣》雜誌）創刊並擔任編輯，並加入1921年底蔣渭水成立之「臺灣文化協會」。

1923年自日本畢業返臺，年底因「治警事件」遭逮捕，終審被判無罪。1927年「臺灣文化協會」改組，左派的連溫卿、王敏川取得主導權，繼續投入演講、抗爭，1928年底被捕，1929年出獄。其後陸續與賴和、謝雪紅、簡吉等人合作。1931年臺灣文化協會解散。1931年聲援「臺灣赤色救援會」被捕坐牢6年，1938年出獄。曾與賴和、施至善並稱為「彰化三枝柱」。

注釋

一，指點到監門：指點，引導。監門，監獄、牢房。

二，奇禍：毫無預料的重大災禍。

三，民權：當時臺灣政治社會運動以爭取臺灣人民權利為主要訴求。

四，振起：興起、奮起。

五，義堪尊：意義是值得尊崇的。在此意指詩人為幫助臺灣議會設置請願運動而參與組織「臺灣議會期成同盟會」，以追求臺灣民主與自治的目的值得尊崇，雖因此違反《治安警察法》被捕仍不悔。

詩題解析

王敏川於1923年12月因「治警事件」被捕，囚於臺北監獄期間寫下〈獄中雜詠〉十首，描寫牢中觀察以及自身心境之轉變。此為第一首，描述甫入監的體悟。

詩文解譯

獄卒押解我進入監牢裡面，我安排好寢具與臥鋪，已經是日落黃昏了。請不要笑我一介書生竟然也會遭受入獄的大災禍！我參與成立的「臺灣議會期成同盟會」是值得尊崇的，因為其振興民權、追求自治的目的是意義重大的。

註解

* 王敏川，〈獄中雜詠〉，《臺灣民報》，1924年4月11日，版15。

⑲ 出獄歸家

賴和（1924年）*

「

莽莽乾坤舉目非，

此身拚與世相違。

誰知到處人爭看，

反似沙場戰勝歸。

」

臺語吟唱

客語吟唱

作者

賴和（1894-1943），本名賴癸河，筆名懶雲，彰化人，醫師暨社會運動者。15歲時學漢學，具備深厚的漢文基礎。1914年畢業於臺灣總督府臺北醫學校，是蔣渭水高一屆的學長，由此機緣於1921年加入臺灣文化協會擔任理事，為文化抗日奔走、積極推動文化啟蒙，為臺灣新文學運動之開創者，有「臺灣新文學之父」美譽。創作漢詩一千多首，既多且精，內容充滿警世批判精神以及人道關懷。

注釋

一，莽莽：渺無邊際的樣子

二，乾坤：天地。

三，舉目：放眼望去、抬頭看。

四，拚：爭鬥、豁出去了。

五，世：世俗、時代。當時日本治臺已20多年，指受到日本殖民統治的時空情境。

六，違：逆、反、背離。

七，沙場：戰場。

詩題解析

1923年底，賴和因治警事件被拘捕，隔年法庭判無罪而釋放。本詩寫於1924年，賴和自監獄返家時，沒想到卻受到人們歡迎時的感悟。

詩文解譯

放眼看這渺無邊際的天地，毫無公理與正義可言。我用盡全身的力量奮鬥，就是想要與世俗相違背，翻轉這個異族殖民統治的不公不義社會。沒有料到，從牢裡被釋放出來的我，到處都有人搶著看，我反而像是從戰場凱旋歸來的英雄了！

1924年1月7日賴和與友人於「治警事件」出獄合影。前排中著長大衣、雙手抱胸者為賴和。其餘戴帽者為往迎者，脫帽者為出獄者。（資料來源：賴和文教基金會）

註解

* 賴和，《賴和全集・漢詩卷》（臺北市：前衛出版社，2000年），頁428。

政治社會運動

「臺灣民眾黨」主張市會、街、庄協議會的議員由官選改為民選，由諮詢機關改為議決機關，因而發起「地方自治制完成促進」的運動，展開全臺宣傳與聯署。其後，由於路線分歧，林獻堂等人出走另組「臺灣地方自治聯盟」，改用軟性手段，依法爭取地方自治。臺灣總督府迫於輿論壓力，回應了「臺灣議會設置請願運動」的訴求，於1935年首次舉行臺灣市會議員及街、庄協議會員的有限性選舉，雖然與臺灣先賢們理想中的民主自治差距大，仍是向前邁出了第一步，反映了蔣渭水領導的「臺灣民眾黨」與林獻堂領導的「臺灣地方自治聯盟」及各相關團體成員的努力是有成果的。

左：在蔣渭水的支持下，工友總聯盟等附屬組織越發壯大，導致臺灣民眾黨左傾分裂。（資料來源：蔣渭水文化基金會）

右：林獻堂出走臺灣民眾黨，成立臺灣地方自治聯盟，葉榮鐘（臺上演説者）主持臺灣地方自治聯盟的講演會。（資料來源：國立清華大學圖書館珍藏資料）

⑳贈青年僧伽

林秋梧（1929年）*

菩提一念證三千，
省識時潮最上禪。
體解如來無畏法，
願同弱少鬥強權。

臺語吟唱

客語吟唱

作者

林秋梧（1903-1934），別名林證峰、林洲鰲，筆名守俄，法號證峰，臺南人，有「革命僧」之稱。1922年就讀臺灣總督府臺北師範學校，被誣指領導抗日學潮而於畢業前11天遭到退學。曾參與臺灣文化協會，擔任電影巡迴隊辯士。

1927年臺灣文化協會分裂，林秋梧於臺南開元寺出家，並前往日本佛教「駒澤大學」留學。1930年學成回臺後從事宗教改革和社會批判。加入「臺灣民眾黨」及「臺灣工友總聯盟」。創辦《赤道報》，投入工農運動，不料於1934年因急性肺結核去世，得年僅31歲。畢生反殖民、並結合大乘佛學與左派思潮，鎔鑄為入世的「解放佛學」，並積極倡議宗教改革如反對普渡等。[1]臺灣重量級文學、歷史學家李筱峰為其外甥孫。

革命僧林秋梧先生肖像。（資料來源：李筱峰先生提供）

注釋

一，僧伽：梵語saṁgha的音譯。大眾、會議之意。佛教用語是僧侶、出家的團體。

二，菩提：梵語bodhi的音譯。佛教中指無上智慧、開悟、悟道。

三，一念三千：佛教術語。指日常生活中的一念，就體驗具備了宇宙萬物一切運作的三千法則。一念，一個念頭，佛教用語，指極短的時間、一口氣的時間。三千，佛教的哲學觀，指萬事萬物的運作法則。

四，省識：認識。

五，時潮：時局風潮。

六，上禪：上禪指最高級的佛理。

七，體解：用身體力行來體會經文。

八，如來：佛的另一種稱號。體得根本之真理的覺者。

九，無畏：沒有畏懼。佛教用語，對自己有信心。

十，弱少：弱勢且力量薄弱的人，在此指受到殖民統治的臺灣人。

詩題解析

此詩為林秋梧留學日本駒澤大學所作，藉此宣揚其入世、追求改革的宗教態度，並以此自勉。

詩文解譯

佛法說，最高智慧是起心動念就能了悟世間萬物的法則，而在我心目中最上乘的佛法就是認識時代的潮流。我體會了解了佛祖教化人心時的無所畏懼的法門，所以我願意本著「我不入地獄，誰入地獄？」跟受到殖民政權統治的弱小眾生站在一起，向統治的殖民強權進行鬥爭，追求公平正義的實踐。

註解

* 林秋梧，〈贈青年僧迦〉，《南瀛佛教》，第7卷第3期，1929年5月25日，頁53。

1 詳見：施懿琳主編，《詩人的日常：臺灣古典詩人相關口述史》下冊，頁187。

㉑悼蔣渭水先生

（七絕四首）

張晴川（1931年）*

投牢往事憶當年，
廿載奔勞痛棄捐。
此日哭君無盡處，
遺篇一讀一淒然。

傷心身外一無餘，
剩得蕭條數卷書。
兒女遺孤猶在讀，
親朋同志痛何如。

醫民醫病兩忙頻，
慘澹經營茹苦辛。
荊棘哀黎猶遍野，
那堪君竟作歸人。

跳樑鼠輩猶縱橫，
敵未消沉志未成。
解放普羅空罷手，
劇憐風雨葬先生。

客語吟唱

女聲吟唱

作者

張晴川（1901-1979），字芳洲，號漢澄，亦署子澄、志澄，臺北市人，詩人、劇作家、民主運動者。1926年赴上海就讀東南醫科大學。1931年時，臺灣總督府解散臺灣民眾黨並逮捕蔣渭水、張晴川等15人。

二戰後於1946年參加「臺灣民眾協會」，該協會旋遭陳儀政府逼迫改名為「臺灣省政治建設協會」，並擔任理事之職務，倡議行憲。1947年二二八事件後被陳儀政府以叛亂罪通緝，逃亡多年後自首即不再過問政治。曾任第一屆臺北市參議會議員、「臺灣第一劇場」總經理、「臺北市電影戲劇商業同業公會」創會理事長、「臺灣汽車工業公司」董事長等。

張晴川先生肖像。（資料來源：《二二八消失的政黨》，臺北市政府文化局出版）

蔣渭水是日治時期民主與文化啟蒙的領袖人物，並創立臺灣文化協會與臺灣民眾黨。攝於1920年代初期。（資料來源：蔣渭水文化基金會提供）

注釋

一，投牢：坐牢。

二，往事：舊事。過去的事。

三，棄捐：因死亡而前功盡棄。

四，遺篇：過世的人留下來的文章、作品。

五，淒然：悲傷、淒涼。

六，蕭條：冷清、寂寞。形容人過世後景況淒涼，沒有留下資產。

七，遺孤：父母雙雙過世之後所遺留下來的孤兒。蔣渭水過世時妻子尚在，因此本詩指的是蔣渭水的兒女。

八，親朋：親，有血緣的人；朋，具有相同利害關係的人。

九，同志：理想、志趣相同的人。

十，何如：如何、怎麼樣。

十一，頻：接連不斷、屢次。

十二，慘澹經營：形容事業開創初期的艱辛。

十三，茹苦辛：吃盡各種艱苦，受盡各種折磨。茹，吃。苦辛是苦味與辣味。

十四，荊棘：長滿刺的矮樹叢。形容艱困的狀態。

十六，哀黎：哀求的廣大人民。黎，眾多，指廣大的人民。

十七，歸人：亡者。

十八，跳樑：比喻到處搗亂又沒多大能耐的樣子。

十九，鼠輩：人格卑劣的人、小人。

二十，縱橫：放肆、四處來去。

二十一，空罷手：徒然停止，白白停了下來。

二十二，劇：猛烈的、極度的。

詩題解析

這組七言絕句共四首，寫於1931年，蔣渭水過世後，同志張晴川痛徹心肺，作一系列悼念詩作，刊登於《臺灣新民報》。

詩文解譯

想起那些年，你積極對抗殖民政府，不時入獄、歷盡滄桑，二十多年來奔波勞苦累積的成果，隨著你的離世而前功盡棄，我的心非常悲痛。你離開的這一天，我為你哭個不停，讀你以前所寫的文章，那些抱負躍然紙上，使我一面讀，一面不時地感到傷心淒然。

我為你家無恆產、孑然一身的景況感到傷心，你過世後處境淒涼，家徒四壁只剩下一些書籍；你留下的孩子們成為孤兒，都還在讀書的年紀。你全心全力為社會與大眾犧牲奉獻，但是家庭經濟卻淪落至此！我們這些親戚朋友、抗日夥伴們都心痛到不知如何自處！

你一面醫治國家又一面治療病患，兩頭奔波忙碌，所以對抗殖民政府的志業，經營得非常艱辛。臺灣廣大的痛苦人民等待你拯救，你忽然就離世了，大家那裡能經得起這樣的打擊啊！

態度囂張的卑鄙小人還在到處放肆，如果沒能消滅敵人的氣勢，我們的壯志就不會成功。你遺留下來的艱難志業突然中止，連蒼天都以淒風苦雨在憐惜著先生的離去！

註解

* 編著者於《台灣漢詩吟唱參考教材》中所收錄乃戰後廣為流傳之版本，推測作者迫於白色恐怖文字獄而修改部分字詞。本書後經考據尋得1931年作者在報刊公開發表之版本，故改收錄原詩。詳見張晴川，〈悼蔣渭水先生〉，《臺灣新民報》，1931年9月12日，版11。

㉒題蔣渭水遺集

莊太岳（1931年）*

心血拋餘為愛羣，
紛紛熱淚灑成文。
那知是淚還為血，
一片模糊辨不分。

臺語吟唱

客語吟唱

女聲吟唱

作者

莊太岳（1880-1938），名嵩，譜名垂訓，字伊若，號太岳，彰化鹿港人，櫟社詩人。1902年畢業於臺中師範學校，在鹿港公學校任教，後因民族意識鮮明而遭解職。其後講授漢學數十年，包括與林獻堂、林階堂創立之「革新青年

莊太岳於1921年攝於臺中霧峰。
（資料來源：蔣渭水文化基金會提供）

會」，與林攀龍合組之「一新會」與「一新義塾」。一生創作詩文、書畫頗多。

注釋

一，心血：力氣、氣力、精神。

二，拋：丟、扔、擲、露出、顯露。在此指奉獻、貢獻。

三，羣：群眾、人類。此處指四百餘萬臺灣同胞。

四，紛紛：接連不斷、多而雜亂。

五，模糊：不清楚。

六，辨：分別、分辨、分清楚。

詩題解析

本詩作於1931年。蔣渭水身後蕭條，家屬連葬禮都湊不出錢。同志整理編印《蔣渭水遺集》，收錄蔣渭水在各個時期的著作。櫟社詩人莊太岳特別為《蔣渭水遺集》賦詩為序。黃師樵所編的《蔣渭水遺集》在1932年刊印之後即被日本官方查禁，戰後白成枝以此版本為基礎，於1950年重新刊行。

詩文解譯

你一生的心血全部奉獻給你熱愛的四百餘萬臺灣同胞，這本《蔣渭水遺集》內的一篇篇文章與詩作，是你化熱情與淚水而成，嘔心瀝血的結晶！那個是淚？那個是血？我們已經很難分辨清楚了。

註解

* 莊太岳，《太岳詩草》（臺北：龍文出版社，1992年），頁163。

㉓當世所見

蕭永東（1930年）*

不能自治街庄長，
附和雷同協議員，
聲勢寥寥公益會，
威風凜凜壯丁團。
民非草木如何植，
官比風雲絕對權，
上下交爭名與利，
流亡那計叫蒼天。

臺語吟唱

客語吟唱

本報之陣容 【18】

編輯顧問
尾崎秀眞　羅秀惠　林獻堂
黃欣　魏清德　黃純青
編輯主任 謝汝銓　編輯 吳漫沙
營業主任 簡荷生　校正 簡伯卿

撰稿者
鷄籠生　許丙丁　蕭永東
鄭坤五　譚瑞貞　蘇友章
洪舜庭　林紫珊　吳蔭培
許劍亭　林荊南　林錫牙
陳世慶　陳蔚然　郭雨帆
朱天順　謝南佳女士　丁寅生
孟澤民　陳玦琳　李火旺

經理顧問
陳啓貞　林階堂　吳子瑜
廖學昆　藍瀛秀　簡朗山
許丙　許梓桑　楊錦標
盧纘祥　楊肇嘉　楊天賦
林其祥　林碧梧　張天機
陳逸松　羅紹奇　洪一枝

賀正

蕭永東經常投稿詩作於《風月報》等詩刊。（資料來源：《風月報南方詩集》）

作者

蕭永東（1895-1962），號冷史，別號古圓、影冬、古意童，澎湖白沙人。16歲習漢學，17歲定居東港。曾於1918年倡議設立東港「研社」（1921年更名「東港詩會」），並創辦《東津詩源旬報》。曾參與陳錫如1923年創辦之「三友吟會」。喜作漢詩、歌謠，作品曾刊登於《臺灣文藝叢誌》、《臺灣時報》、《臺南新報》、《三六九小報》、《風月報》等[1]。1943年發生「東港事件」，因抗拒日本特高警察無理壓迫，遭拘捕入獄三個月[2]。終戰後任職菸酒公賣局，曾參與《屏東縣志》纂修相關工作，漢詩作品刊登於《詩文之友》、《中華詩苑》等[3]。

注釋

一，街庄長：街庄制為日治時期臺灣地方行政制度最底層，各街庄則設有官派的街長、庄長，辦理委任事務。[4]

二，附和：自己沒有定見，迎合別人的意見或行動。響應、追隨、附會。此指附和殖民政府的政策。

三，雷同：相似。

四，協議員：協議會為臺灣日治時期1920年至1935年間地方議會總稱，協議會所屬議員或代議士全為官方所指任，並以商人及在臺日籍人士為主。協議會僅具諮詢性質，雖有針對預算及預定事項進行討論，但無決定權，協議員亦無實質權力。

五，寥寥：形容數量少。

六，公益會：日治時期由辜顯榮、板橋林家林熊徵等人成立的「臺灣公益會」，日本政府策略性以此壓制「臺灣議會設置請願運動」等民權運動。

七，壯丁團：1898年日本政府為了有效對付抗日勢力，在臺灣實施保甲制度，並從17到47歲（後改為40歲）男子中，選取身材壯碩、行為端正者，組織「保甲壯丁團」，以協助鎮壓「匪徒」與防範天災。[5]

八，交爭：相互爭奪。

詩題解析

1930年，日治時期的臺灣人，爭取民主自治多年未果。總督府實施的「街庄長」制度只是一種粉飾，徒具形式，毫無民主自治的實質意義。殖民政府的權力鋪天蓋地。蕭永東感賦此詩。

詩文解譯

街庄長是官派，並非由人民選出，與街庄協議員一樣，只是殖民政府官派的附和者。

親近日本統治者的商界聞人所組織的「臺灣公益會」，在臺灣民間沒有什麼聲望，反而是由殖民政府所組織的「保甲壯丁團」威風凜凜，不可一世。

人民又不是花草樹木，怎可能像植物栽種任人擺布？關鍵在殖民政府的官員好比風雲雷電一樣，具有至高無上的威勢權力。

整個政治體系上下互相爭名奪利，我們平民老百姓想要逃離，求天也難啊！

註解

* 此詩出自：《臺灣新民報》，「漢詩界」欄，1930年8月16日，版11。收於：《全臺詩》第65冊，（臺南：國立臺灣文學館，2020年），頁90。

1 詳見：陳憭汎，〈澎湖古典詩研究〉（高雄市：國立中山大學博士論文，2012年2月），頁237。

2 詳見：許雪姬，〈去奴化、趨祖國化下的書寫——以戰後臺灣人物傳為例〉《師大臺灣史學報》期4，（臺北市：國立師範大學臺史所，2011年9月），頁27。

3 詳見愛詩網：https://ipoem.nmtl.gov.tw/nmtlpoem?uid=80&pid=1429

4 參見：劉揚琦，〈日治時期地方行政機構〉，中央研究院臺灣史研究所，http://thcts.ascc.net/themes/rd15-03010.php

5 中永之佑著，蔡秀美譯，〈殖民統治網的尖兵——派出所與保甲、壯丁團〉，《臺灣學通訊》第88期（新北：國立臺灣圖書館，2015年7月），頁16。

㉔選舉雜詠

（七絕四首）

賴子清（1936年）*

曹丘毛遂各才矜，
自薦他推說異能。
一票幾人爭叩首，
欲投誰氏此心憑。

馳書出演不辭煩，
國計民生政見存。
候補當時唇舌敝，
議壇何意轉無言。

濫立須防當選難，
偏師制勝不偷安。
算來虛票雖超過，
怕有名人奪地盤。

為防違法棄權多，
肅選而今效幾何。
一黨總裁偏次點，
可知全盛已經過。

臺語吟唱

客語吟唱

作者

賴子清（1894-1988），字鶴洲，嘉義人。生於文學世家，受父輩影響，八歲起修習詩文詞賦，奠定深厚漢學基礎。賴子清大學畢業後曾進入日治時期的最大報社《臺灣日日新報》擔任地方記者，同時開始作詩並獲刊於此報，也因此結識了文化與文學界的友人。賴子清在25歲時通過文官考試，考取臺灣總督府的地方廳稅務吏並任職達10年，35歲時辭去公務並回歸報界，先服務於《臺灣日日新報》，後曾赴香港擔任《香港日報》漢文版總編輯。

賴子清先生肖像。
（賴立人先生提供）

二戰後賴子清回到臺灣，轉而投入詩文漢學教育與地方文史資料編撰，寫作漢詩並活躍於諸多地方詩社，編撰《臺灣詩醇》、《臺灣詩海》、《臺海詩珠》……等著名臺灣漢詩選集。畢生以文字為業，無論擔任記者、教師、史料編撰或漢詩寫作，對保存文化、地方文史及臺灣漢詩界貢獻良多。

注釋

一，曹丘：複姓。漢代有曹丘生，四處讚許季布的辯才，季布因而揚名。後人作為推薦人、稱揚者的代稱。

二，毛遂：戰國時期趙國人，平原君門下食客，初無表現，後來自告奮勇隨平原君前往楚國遊說，與楚王定約立功。後人作為自薦的代稱，稱「毛遂自薦」。

三，才矜：恃才矜己，因為擁有才幹而感到自豪。

四，推：稱許、選擇、薦舉。

五，異能：傑出的才能。

六，叩首：伏身跪拜，以頭叩地。為古代的最敬禮。

七，此心憑：「憑此心」的倒裝句，本著良心良知。

八，馳書：急速送信，語出宋・丁謂《丁晉公談錄》：「契丹兵果自退，而續馳書至，求通好」。

九，不辭：不推卻、不躲避、沒有意見。如「不辭辛勞」。

十，國計民生：國家經濟和人民生活。

十一，存：保留、留下、心懷。

十二，候補：在此指候選人。

十三，唇舌敝：唇敝舌腐，形容說話太多，費盡唇舌。語出元‧劉壎《隱居通議‧駢儷一》：「名臣鉅儒，唇敝舌腐，皆不報」。

十四，議壇：泛指民意代表界。

十五，何意：不料、豈料、為何、何故？

十六，偏師：輔助主力軍作戰的側翼軍隊。

十七，偷安：貪圖眼前的安逸，不顧將來可能發生的危難。

十八，虛票：虛，不真實的。虛票在本詩應指選舉前自行估算的得票數。

十九，肅選：肅，戒備、整飭。指肅正選風。

二十，次點：票數次於當選者，即沒能當選而落選。

詩題解析

1935年臺灣總督府舉辦了「市會及街庄協議會員選舉」，是日治時期臺灣第一次選舉，賴子清對於選舉及其衍生的種種現象有感，而寫下此詩，也讓我們得以一窺臺灣歷史上第一次選舉的樣貌。

詩中有關候選人極力自薦才能，或是搶著跟選民拜票以及費盡口舌宣揚政見等現象，與如今選舉並無二致。詩中可見當年的選舉並不成熟、且非普選，但卻是臺灣人民花盡力氣，爭取10多年才得來的選舉權，且無疑也是臺灣人追求民主化過程中的重大里程碑，如今讀來，更讓人覺得應該好好珍惜現在所享有的民主成果。

詩文解譯

他薦者與自薦者各有自己感到自豪的才幹，都能被凸顯自身與眾不同的能力。選民一人一張票，候選人們只能搶著鞠躬拜託，甚至以頭叩地來爭取支持，而選民的票最後要投給誰，則是憑著自己內心主觀的認同與喜好。

為了當選，無論是以書信或演講的方式宣傳自己，候選人都會不辭辛勞，只盼攸關國計民生的政見能被看見。令人不解的是候選人競選時費盡唇舌爭取支持，當選進入議壇之後，為何卻成為附和殖民政府而不太講話的議員？

支持過多的候選人要提防屬意的人當選困難，因為側翼的候選人為了制勝，不可能客氣保守，就算選前預估的票數可以超過當選門檻，也怕其他有名氣的候選人來搶走基本票源。

政府為了防止候選人違法而設立各項制度，反而使得棄權者變多，而肅正選風的措施，如今效率又如何呢？如果作為政黨的領袖都落選了，那麼可想而知這個黨的全盛時期已經過了。

註解

* 此詩收於《臺灣日日新報》，「詩壇」欄，1936年3月6日，版8。另見：《全臺詩》第64冊，（臺南：國立臺灣文學館，2020年），頁51。

左：臺北市會議員選舉會場與候選人看板。
右：開票時圍觀群眾聚集於臺南公會堂關心選舉結果。
（資料來源：《臺灣日日新報》）

警察護送投票箱至臺北一中。（資料來源：《臺灣日日新報》）

盟軍接收

1945年8月15日，日本宣布無條件投降，於9月2日簽署投降文件。其後，聯合國最高統帥麥克阿瑟發布《一般命令第一號》，10月25日，陳儀代表盟軍在臺灣接受日本臺灣軍司令官兼總督安藤利吉的投降。蔣氏政權早在8月29日即任命陳儀為臺灣省行政長官兼臺灣省警備總司令，陳儀集臺灣的行政與軍事大權於一身。陳儀政府又未審慎分辨臺民的投資與日產的差異，於是接收日產變劫收的情形屢傳，加以匯率政策嚴重低估臺灣產業與商品價值，形同搶劫臺民。而戰時空襲的破壞與物資短缺，更使通貨膨脹*狂飆，多數人民生活困頓，希望破滅。

1945年日本在臺北市公會堂向二戰同盟國投降。

註解

* 詳見：薛化元編著，《臺灣開發史》（臺北：三民，2022年5月增訂7版1刷），頁199-201。

㉕被拘

陳炘（1947年）*

平生暗淚故山河，
光復如今感慨多。
一籲三臺齊奮起，
歡呼聲裡入新牢。

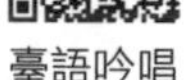
臺語吟唱

客語吟唱

作者

陳炘（1893-1947），號若泉，臺中大甲人。幼時由楊鴻儒教導漢學，奠定漢文與漢詩基礎。臺灣總督府國語學校畢業後任教大甲公學校時，對於日、臺人同工不同酬的現象感到不服，動念改善臺灣人經濟受壓迫之處境，遂辭去教職、赴日考取慶應義塾（今慶應大學）理財科，後又赴美國哥倫比亞大學經濟學研究所攻讀博士學位。

留日期間結識林獻堂，並投入臺灣留日學生發起的民族運動，曾加入「高砂青年會」（後改稱「東京臺灣青年會」），後在林獻堂召集下，與林呈祿、蔡培火、吳三連等人於東京組成「臺灣新民會」，並創辦《臺灣青年》雜誌。1925年，在美國求學的陳炘應林獻堂邀請返臺協助推動臺灣新文化運動，並被臺灣文化協會延聘為講師講習經濟科目。陳炘在日治時期成立第一家由臺灣人經營的金融機構「大東信託」，戰後則成立「大公企業公司」，目的皆是為了「集結臺灣人資金，供臺灣人使用」，被視為臺灣金融界先驅。

1942年陳炘寄贈葉榮鐘的合影（前排左起：巫永福、陳炘、松居桃樓、葉榮鐘）。（資料來源：國立清華大學圖書館珍藏資料）

歡迎國民政府籌備會
常任委員
陳炘 黃朝清 張煥珪
王金海 洪元煌 葉榮鐘
楊景山 莊垂勝 張星建
張聘三
事務分担
庶務 張煥珪 洪元煌 莊垂勝
葉榮鐘 林
張星建 林 楊貴
林培英 陳遜章
會計 王金海
接待 林 張 林 林澄坡 郭頂順 林 張冬芳
林獻堂 林階堂 林攀龍 林少聰 陳茂堤 曾玉坡
陳炘 巫永昌 吳子瑜 林根生 白福順 張煥三
右總務部

1945年「歡迎國民政府籌備會」人員名單，陳炘任常任委員與接待。
（資料來源：國立清華大學圖書館珍藏資料）

戰後陳炘加入「臺灣省政治建設協會」，爭取地方自治。二二八事件爆發後，以民間極富聲望之士，數次被陳儀約見，卻被陳儀政府列為「陰謀叛亂首要」，1947年3月11日凌晨於家中被逮捕，從此一去不返。[1、2]

注釋

一，平生：生平、一生。

二，山河：比喻國土、江山。

三，光復：現通稱「戰後」或「終戰」。2019年教育部公告的12年國教社會領域課綱全部使用「戰後」一詞，未使用「光復」一詞。

詩題解析

終戰後，陳炘滿心期待迎接「祖國」，更曾發起「歡迎國民政府籌備會」，希望在蔣氏政權來臺前，維持基本社會秩序及治安；同時也籌組「大公企業公司」以接手日本人留下的企業，但此舉卻被臺灣省行政長官陳儀認定違反民生主義節制私人資本的政策，因而埋下禍端。

1946年3月，大公企業成立不足兩月，陳炘就被陳儀政府以「漢奸」罪名逮捕，認定其參與辜振甫等人所策劃的「臺灣獨立案」，拘於臺灣警備總部，經過一個多月的偵訊，才因「查無實證」獲釋，因而寫下本詩表達感慨。

詩文解譯

過去我常暗地裡垂淚，思念故國山河，如今臺灣「光復」，我的內心卻又有無限的感慨。當有人呼籲全臺人民要振奮起來，辦理慶祝活動，全臺南北各界齊聲奮起響應，未料我卻在眾人迎接蔣介石政權的歡呼聲中，進入陳儀政府的牢獄。

註解

* 收於楊青矗編著，《臺詩三百首》，（高雄：敦理，2003年），頁287。

1 詳見：黃惠君，《二二八反抗運動》，（臺北：木馬，2022年），頁19。

2 參見：臺灣歷史人物傳記資料庫，〈陳炘〉：http://tbdb.ntnu.edu.tw/showBIO.jsp?id=C437D65C-242F-9A50-15F1-0F7BE8F3339A

㉖光復酒家
（七絕四首）

施讓甫（1947年）*

（臺灣光復當時民生非常凋敝，惟奉命來臺接收諸大員，苞苴盈路，飽滿私囊。日在花天酒地，酒家頓成繁華）

農無衣著士無家，
百業凋零事可嗟。
劫後別開新氣象，
滿街風颺酒旗斜。

臺語吟唱

客語吟唱

不問民生問狹斜，
競相極靡與窮奢。
可憐流盡軍民血，
博得繁華是酒家。

金盤膾鯉競豪華，
宋嫂魚羹莫漫誇。
歌舞承平原粉飾，
可憐庶政尚如麻。

香風滿路酒旗斜，
得得驕驄踏落花。
見說大員酬酢苦，
忙中何暇問桑麻。

作者

施讓甫先生肖像。

施讓甫（1900-1967），本名施廉，亦名濂，字讓甫，號頑夫，彰化鹿港人。因父親早逝，由寡母郭氏養育其與兄妹三人，家計清貧。公學校畢業後即投入商界，後因與本性不合棄商，與兄施石甫一同投入叔父－鹿港名詩人及書法家施梅樵門下，學漢文、韻學及書法。曾短暫赴日就讀於早稻田大學文科，因家貧親老就學未滿一年旋即回鄉。

施讓甫活躍於鹿港地區各詩社，曾任鹿港聚鷗吟社創社社長，先後應彰化大城、二林、埤頭、臺中北屯等地漢文研究會聘請任教。居中聯繫各地詩友結識、切磋，使得彰化、臺中地區詩人聲氣得以流通往來。[1]

注釋

一，苞苴：指賄賂。

二，嗟：語氣詞，表示感傷、嘆息。

三，劫後別開新氣象：臺灣歷經災難後竟然意外開展出有別於以往的景況。新氣象，有別於以往的景況。

四，風颺：風吹而飄揚。

五，酒旗：古代酒店的招牌。布綴於竿頂，懸在店門前，以招徠客人。

六，狹斜：指花街柳巷。

七，極靡與窮奢：指極端地奢侈、浪費，慾望不知節制。

八，博得：換來。

九，金盤膾鯉：精緻餐盤盛裝美饌料理，比喻飲食豪奢。金盤，精緻的餐具。膾鯉，珍美的饌食。

十，宋嫂魚羹莫漫誇：不要輕易炫耀富貴美食。宋嫂魚羹，南宋時期流傳下來的佳餚。

十一，歌舞承平原粉飾：唱歌跳舞一片熱鬧繁榮的景象，掩蓋了社會動亂的真實，裝飾出太平景象。

十二，庶政：國家的一切政務。

十三，如麻：紛雜有如亂麻般，毫無頭緒。

十四，得得：擬聲詞，馬蹄聲。

十五，驕驄：驄，駿馬的通稱，比喻豪華的座車。

十六，大員：身負重任的官吏。

十七，酬酢：筵席中主客互相敬酒。泛指交際應酬。

十八，桑麻：桑與麻，為農家養蠶、紡織所需，後借為農事之代稱。

詩題解析

此詩作於1947年，距離第二次世界大戰結束、日本殖民政府離開臺灣僅兩年，臺灣人民原本滿心期待，喜迎「祖國光復臺灣」，沒想到蔣介石政權來臺後，反倒因政治腐敗、物價飛漲、失業者增加等問題，民怨沸騰。

從詩中可看出，施讓甫原先期待在劫後能有一番新氣象，沒想到政府高官不顧民生大計，反倒是流連於酒家極盡豪奢之事，百姓無衣無家、百業凋零，高官卻在酒家大啖各式豪華料理，夜夜笙歌，看不見民間米糧短缺、物價高漲等各種引起社會經濟層面的危機，無怪乎民間輿論對蔣介石政權的施政不滿，最終在民生不安定、經濟不繁榮的背景下，因查緝私菸事件引爆二二八事件。

詩文解譯

歷經劫難之後，農人無衣可穿、讀書人無屋可住，百業凋零景象人人哀嘆，令人難以置信地卻是滿街飄揚著酒家旗幟的景象。

為政者不關心人民生計，卻競相頻繁出入斜路曲巷的酒家，極盡豪奢靡爛之能事；諷刺的是先前因為戰爭受難軍民所流之血，好像是為現在酒家的繁華景象鋪路一樣。

精緻餐盤，珍饈美饌，互競豪華；酒家裡一片唱歌跳舞熱鬧繁榮的景象，粉飾成太平景象，可憐的是此時國家的一切政務雜亂如麻、毫無頭緒！

滿街酒家飄散著香氣，旗幟斜掛，大官坐著豪華座車行過街巷，尋花問柳、百般迷戀；看到身負重任的大官們，在飲酒作樂之際不時抱怨交際應酬的辛苦！問題在他們每天盡是忙著聲色酬酢，怎麼會有時間去關注一下基層老百姓的物價、糧食與農事生產呢？

註解

* 詳見：《全臺詩》第70冊（臺南：國立臺灣文學館，2021年），頁392。

1 參見：臺灣歷史人物傳記資料庫，〈施讓甫〉：http://tbdb.ntnu.edu.tw/showBIO.jsp?id=8CA1E691-543A-B839-475B-A81F3BE2DEF7

㉗感時雜詠

（七絕四首　其三、其四）

陳逢源（1946年）*

鈔票遞增庫不敷，
押收敵產復糊塗。
營私舞弊尋常事，
一套官場百怪圖。

民意民情認未清，
空於紙上善談兵。
革新臺政維群力，
何必滔滔喝不平。

陳逢源先生肖像。
（資料來源：《臺灣人士鑑》）

臺語吟唱

客語吟唱

作者

陳逢源（1893-1982），字南都，筆名有南都生、芳園、芳園生，臺南市人。幼時從清治時期秀才王鍾山奠定漢學、漢詩基礎。畢業於臺灣總督府國語學校國語部。曾任職三井會社，後辭職前往日本、中國遊歷，返臺後積極參與臺灣議會設置請願運動，並曾擔任請願代表赴日本請願。擔任臺灣文化協會理事並參與相關活動。1923年治警事件遭逮捕並遭判刑3個月。任職三井會社的經歷使得陳逢源習知現代金融、經貿相關知識，除了從事政治社會運動及文化抗日外，陳逢源亦致力於財經研究，1926年任職於大東信託，1944年任臺灣信託經理，戰後曾兩度任臺灣省議員，1948年起任臺北區合會儲蓄公司（今臺北國際商業銀行）董事長，直至逝世。

注釋

一，鈔票遞增庫不敷：二戰後蔣介石政權在臺灣大量印行鈔票，省庫仍入不敷出，成為臺灣惡性通貨膨脹的主因。

二，押收敵產復糊塗：「敵產」，日產。戰後成立「日產處理委員會」，但接收之財產也波及臺灣人，引來民間不滿。

三，營私舞弊：以違法的手段謀求私利。

四，維：唯，僅、只有。

詩題解析

此詩作於戰後初期，陳逢源對當時政局有諸多不滿，對於戰後經濟受到重創、百業蕭條、官場徇私舞弊、執政者未能理解民情、政策淪於紙上談兵等現象提出批判，期許眾人群策群力革新。

詩文解譯

戰後經濟受到重創，政府一再印製鈔票，但省庫卻仍入不敷出；且成立的「日產處理委員會」在接收財產時也波及臺灣人民的私產，如此糊塗的施政引來民眾不滿；現在營私舞弊已經被當作很普通的事情，官場出現一系列光怪陸離的景象。

若未能認清民意與民情所向，那麼做再多事也只是紙上談兵；革新臺灣政治，必須群策群力，光靠個人滔滔不絕地作不平之鳴又有什麼用呢？

註解

* 出自：《民報》，1946年6月14日晚刊第2版。詳見：《全臺詩》第62冊（臺南：國立臺灣文學館，2020年），頁345-346。

㉘郵票車票逐次提高，影響一般物價飛漲，脅迫細民生計感賦

詹作舟（1946年）*

「

民權民族且休論，

痛煞民生淚欲吞，

物價提高胡底止，

人文趨下更難言。

興亡有責猶宜警，

措置無常爾許昏，

縱不一番重改革，

嗷嗷到處惹銷魂。

」

詹作舟先生肖像。
（資料來源：文化部國家文化記憶庫）

臺語吟唱

客語吟唱

作者

詹作舟（1891-1980），本名詹阿川，字作舟，又字臨川，早年號宜園、晚年號潛園，彰化市（時彰化中街仔）人。幼時就讀於知名漢學家黃倬其的「小逸堂」私塾，奠定深厚漢學基礎。12歲入彰化公學校，後考取臺灣總督府醫學校，與賴和、杜聰明為醫學校同級生。行醫於永靖，終生定居當地。1928年詹作舟任永靖庄協議員。1950年白色恐怖時期被誣入獄，遭拘留99天後始獲釋，此後對世事甚感灰心，日益沉浸於作詩，1959年擔任興賢吟社第二任社長。其詩作數量龐大，並有大量終戰初期及二二八事件前後感懷民生困頓的寫實詩作，是極為珍貴的時代記憶。[1]

注釋

一，細民：小民、普通百姓。
二，且：暫時。
三，休：不要、不可。
四，痛煞：形容非常痛苦。
五，淚欲吞：吞，忍耐委屈。形容強忍悲傷。
六，胡底止：何時結束。胡，何。底，止。
七，人文：禮樂教化。泛指人類社會的各種文化現象。
八，興亡有責：天下興亡，匹夫有責。指國家的盛衰是全國人民的責任。
九，猶：尚且。
十，警：戒備。覺悟、覺醒。
十一，措置：安排、料理。
十二，無常：時常變動。
十三，爾許：指如許、如此。
十四，昏：迷惑。
十五，縱：即使。
十六，嗷嗷：形容哀號聲。
十七，銷魂：心迷神惑、心神沮喪、失魂落魄。

詩題解析

蔣介石政權在終戰後代表盟軍接收臺灣，卻治理無方，經濟上以大量發行貨幣的方式因應，造成萬物齊漲，惡性通貨膨脹，嚴重影響百姓生計，詹作舟有感而寫下此詩。

詩文解譯

暫且不談孫文三民主義中的民權主義、民族主義，單單看到民生困頓，就感到痛苦悲傷，眼淚往肚裡吞。物價不斷地飆漲，不知要到甚麼地步才會停止，而社會上的道德禮教日漸敗壞，更是難以用言語形容。

國家興亡、匹夫有責，人民尚且需要不時警惕，然而，政府各項舉措卻反覆無常，讓人民無比困惑。如果不重視並推動一番改革，那麼人民的哀號聲將繼續充斥，令人心神沮喪。

註解

* 詳見：臺北二二八紀念館，〈二二八文學與藝術〉：https://228memorialmuseum.gov.taipei/News_Content.aspx?n=32751CC8436F806F&sms=10F0700962005230&s=FCABBF30C9B0A4B3

1 參見：臺灣歷史人物傳記資料庫，〈詹作舟〉：http://tbdb.ntnu.edu.tw/showBIO.jsp?id=DA89FDA9-B307-6D83-59E9-AA596760C768

㉙丙戌觀新聞載公營事業升價數十倍有感

李增塹（1946年）*

臺政如斯日冗繁，
公營事業價高扳。
負擔巨重民間苦，
節用均平望長官。

臺語吟唱

客語吟唱

作者

李增塹（1881-1950），彰化二林鎮人。幼時起習漢學，詩詞文學造詣甚深，及長務農、從商、教導鄉里人民讀書認

李增塹先生肖像。
（資料來源：李根培先生提供）

字。歷任二林庄協議會會員、二林保甲聯合會會長、保正等公職。清領、日治時期詩作以生活、文化、旅行為主；終戰後作詩悼念二林蔗農事件受難者、記述二二八事件等。

注釋

一，丙戌：丙戌年，指1946年。

二，如斯：如此。

三，冗：雜亂、繁忙。

四，價：事物所值的具體金錢數目。

五，扳：向某一個方向拉。與「攀」同。

六，負擔：責任，依法或依契約所負的義務。

七，節用：撙節用度。本詩雖採「節用」，但也隱含希望官員能厚生之意。

八，均平：平均。分量相等，平正，公允。

九，長官：官吏。在此指陳儀政府官員。

詩題解析

1945年終戰，蔣氏政權代表盟軍接受日軍投降，人民原本歡欣鼓舞，不料行政長官公署接收變劫收、政治腐敗、強徵米穀、惡性通貨膨脹、民生凋蔽、社會不安。1946年，李增暫看見報紙報導公營事業又再調升價格數十倍，感觸很深。

詩文解譯

臺灣政治如此一天天更加雜亂繁瑣，公營事業的物品價格又再提高數十倍。稅負龐大、人民生活艱苦，盼望長官能夠體察民情，節約用度、公平分配。

註解

* 《李增暫詩文集》未刊行，轉引自：李根培，〈《李增暫詩文集》介紹：歷盡滄桑五朝民——李增暫其詩其文其事〉，《白沙歷史地理學報》，期21，2020年12月，頁40。

二二八事件

1945年陳儀政府代表盟軍接收臺灣後，政風腐化、軍紀敗壞、特權橫行、經濟壟斷、生產大降、米糧短缺、物價暴漲、失業激增、盜賊猖獗、治安惡化、瘟疫流行……，民心漸失。1947年2月27日臺北市發生專賣局查緝員打傷女菸販，釀成槍擊民眾致死命案。2月28日市民向當局抗議未果，反遭機槍掃射，情勢一發難收，全島騷動。陳儀政府一方面與社會菁英組織之「二二八事件處理委員會」交涉，一方面拍電報要求蔣介石派兵。3月8日軍隊上岸鎮壓，眾多社會菁英及無辜民眾慘遭屠殺。死亡人數約在1萬8千人到2萬8千人之間*。

二二八大屠殺中導致無數臺灣社會人士受難、失蹤，沉冤未雪。圖為罹難之法律界人士。（資料來源：黃惠君女士提供）

註解

* 1990年行政院「二二八事件專案小組」根據人口學研究，主張二二八事件死亡人數應該在一萬八千人到兩萬八千人之間。詳見：薛化元編著，《臺灣開發史》（臺北：三民，2022年5月增訂7版1刷），頁209。

㉚紀丁亥臺北發生二二八事變一首步韻

李增塹（1947年）*

二八緝煙事變生，
戒嚴令下銃聲鳴。
可憐被累無辜者，
路上飲彈尸自橫。

臺語吟唱

客語吟唱

女聲吟唱

作者

李增塹（1881-1950），彰化二林鎮人。幼時起習漢學，詩詞文學造詣甚深，及長務農、從商、教導鄉里人民讀書認

李增塹先生（前排右五）家族照。（資料來源：李根培先生提供）

字。歷任二林庄協議會會員、二林保甲聯合會會長、保正等公職。清領、日治時期詩作以生活、文化、旅行為主；終戰後作詩悼念二林蔗農事件受難者、記述二二八事件等。

注釋

一，二八緝煙事變：二二八事件導火線起於一場查緝私煙事件。

二，戒嚴令：國家發生戰爭或叛亂時採取的緊急軍事措施。1947年二二八事件發生，行政長官兼臺灣省警備總司令陳儀宣告全省（臺灣省）戒嚴，進入戰時狀態。

三，銃：原指舊式的一種槍械火器，此泛指槍械。

四，累：拖累、牽連、傷害。

五，飲彈：身上中彈。

六，尸：死人的軀體。
七，橫：雜亂交錯。

詩題解析

李增塹以詩記載1947年（丁亥年）二二八事件發生在臺北的人禍。此詩是仿他人詩作的韻腳來唱和，稱為步韻或次韻。

詩文解譯

二二八事件發生後，行政長官兼臺灣省警備總司令陳儀宣告全省戒嚴，各地傳出陣陣槍聲，可憐的是沒有犯錯卻被牽連的無辜者，身上中彈的屍體，雜亂交錯地倒臥在道路上。

註解

* 《李增塹詩文集》未刊行，轉引自：李根培，〈《李增塹詩文集》介紹：歷盡滄桑五朝民——李增塹其詩其文其事〉，《白沙歷史地理學報》，期21，2020年12月，頁41。

㉛弔王添灯兄

葉榮鐘（1947年）*

硬骨稜稜意氣豪，
頻從虎脛擬鈍刀，
實權莫禦流氓悍，
虛位空懸主席高。
鼎鑊自甘誠不愧，
事機坐失責難逃，
可憐商界稱重鎮，
狼藉遺屍沒野蒿。

臺語吟唱

客語吟唱

葉榮鐘先生結婚照。（資料來源：國立清華大學圖書館珍藏資料）

作者

葉榮鐘（1900-1978），字少奇，號凡夫，筆名奇、掃雲、擎雲、一葉、葉天籟，彰化鹿港人。幼時進入書塾啟蒙，公學校課餘習漢文。受林獻堂與辜顯榮援助，兩度赴日讀書並擔任林獻堂翻譯兼秘書，追隨林獻堂參與臺灣議會設置請願運動、臺灣文化協會。1930年從東京中央大學政治經濟科畢業，回臺後擔任臺灣地方自治聯盟書記長、1935年起陸續任職《臺灣新民報》、《大阪每日新聞》、《臺灣新報》等。二二八事件後服務於彰化銀行，退休後寫作著書終其一生。

注釋

一，棱棱：威嚴的樣子、剛毅正直不屈。棱，木頭的四角交接處。

二，脛：從膝蓋到腳跟的部分，俗稱「小腿」。

三，擬鈍刀：有鈍刀使利手的意思。比喻能幹的人使用不好的工具也能把事做好。擬：比劃、使用。

四，實權：實際的權力，代指政府。

五，虛位：空名，此處可能是指王添灯擔任「二二八事件處理委員會」臺北市分會主席。但畢竟祇是虛位空名，沒有實權。

六，鼎鑊：古代的刑具，用以烹煮罪犯，代指殘酷的刑罰。

七，誠：確實。

八，不愧：問心無愧。

九，事機：事情的先機。

十，坐失：白白失去。

十一，狼藉：凌亂不堪、敗壞，指二二八事件造成社會動盪不安，連帶的王添灯遭受酷刑，最後曝屍荒野。

十二，蒿：菊科艾屬植物的通稱，有青蒿、白蒿等數種，此代指野草。

詩題解析

王添灯勇於為臺灣人民爭自由、民主與自治，卻慘遭陳儀政府逮捕殺害，成為悲劇英雄，但他至死堅持改革、悲壯犧牲的精神，在臺灣人追求建立民主自由社會的道路上，已然成為典範。

詩文解譯

王添灯威武不屈的硬骨精神，豪氣干雲，為了臺灣人民權益，他無懼於批評陳儀政府的倒行逆施，就好像常常拿著鈍刀對著老虎的腿比劃一般。王添灯擔任「二二八事件處理委員會」臺北市分會主席，縱使擁有實權，也難以抵禦像悍匪流氓一樣的軍隊濫殺無辜，何況他的「臺北市分會」主席只是一個虛位空名而已！

面對陳儀政府的鎮壓，王添灯為了臺灣人民，雖受嚴峻刑罰仍然甘之如飴，因此失去逃亡機會，承受陳儀政府加諸的罪責與酷刑。令人憐惜的是這位在商業界地位重要的社會菁英，最終居然落得未經審判而遭殺害曝屍荒野的悲慘下場。

註解

* 葉榮鐘，《少奇吟草》，（臺北：龍文出版社，2001年），頁65。
又，經本書專家委員會會議認此詩格律不諧，但仍深具歷史意義，乃加收錄，特此申明。

1 黃惠君，《二二八消失的政黨》，（臺北：臺北二二八紀念館，2021年），頁269。

2 參見：臺灣歷史人物資料庫，〈王添灯〉：http://tbdb.ntnu.edu.tw/showBIO.jsp?id=3F46FB89-8036-A81D-42B9-27723D866D7F

王添灯（1901-1947），字子文，新北市新店區人（時臺北廳文山郡新店庄）。其祖父為漢醫師，父親則為茶農。王添灯承繼家業後開設「文山茶行」，隨著茶行生意日益興旺，漸成商業界名人，曾出任臺灣省茶業股份有限公司董事長、並擔任臺灣省茶葉商業同業公會理事長。《王添灯紀念輯》收錄有多首王添灯的古典詩作。

公學校畢業後，曾任職於新店庄役場及臺北市役所。1930年，蔡培火、楊肇嘉、陳逢源等人籌組「臺灣地方自治聯盟」，王添灯加入並成為文山地區負責人，後被選為理事。終戰後初期曾任「三民主義青年團」臺北分團主任；1946年當選為臺灣省參議會議員，負責審查經濟、財政議案，多次質詢省府預算問題；擔任《人民導報》社長並與友人創辦《自由報》，針砭時政，加入「臺灣省政治建設協會」，爭取地方自治。

1947年二二八事件爆發，王添灯擔任「二二八事件處理委員會」委員兼宣傳組組長，草擬「三十二條要求」，多次前往行政長官公署與陳儀交涉，數度代表「二二八事件處理委員會」向全臺民眾廣播，以建立臺灣成為民主、自由、法治的社會為訴求，被陳儀政府列為「叛亂首要」[1]，蔣介石派兵抵臺鎮壓後，王添灯隨即遭逮捕，一去不返，死因不明。[2]

㉜敬步灌園先生二二八事件感懷瑤韻

葉榮鐘（1947年）*

莫漫逢人說弟兄，
鬩墻貽笑最傷情，
予求予取擅威福，
如火如荼方震驚。
浩浩輿情歸寂寞，
重重疑案未分明，
巨奸禍首傳無恙，
法外優遊得意鳴。

臺語吟唱

客語吟唱

女聲吟唱

作者

葉榮鐘（1900-1978）字少奇，號凡夫，筆名奇、掃雲、擎雲、一葉、葉天籟等，彰化鹿港人。幼時進入書塾啟蒙，公學校課餘習漢文。受林獻堂與辜顯榮援助，兩度赴日讀書並擔任林獻堂翻譯兼秘書，追隨林獻堂參與臺灣議會設置請願運動、臺灣文化協會，1930年從東京中央大學政治經濟科畢業，回臺後擔任臺灣地方自治聯盟書記長，1935年起陸續任職《臺灣新民報》、《大阪每日新聞》、《臺灣新報》等。二二八事件後服務於彰化銀行，退休後寫作著書終其一生。

注釋

一，莫漫：不要隨便。

二，鬩墻：墻，牆的俗字。鬩牆指兄弟相爭，比喻組織、國家內部的爭鬥。

三，貽笑：被譏笑、遺留笑柄。

四，予求予取：同予取予求。

五，威福：作威作福、以令人畏懼的力量逼人接受。

六，如火如荼：形容軍容壯盛又浩大。氣氛熱烈、氣勢蓬勃。

七，震驚：驚恐、恐懼、吃驚害怕。

八，浩浩：聲勢廣大。

九，輿情：輿論，大眾的言論、看法與意向。

十，得意鳴：洋洋得意，自以為了不起。

詩題解析

林獻堂，號灌園。葉榮鐘尊稱林獻堂為灌園先生。1947年二二八事件後林獻堂作詩〈二二八事件感懷〉，公開刊登在《正氣月刊》，葉榮鐘寫了本詩回應（但當時並未公開發表），抨擊行政長官公署暴力鎮壓導致二二八事件。

詩文解譯

不要再隨便說他們是臺灣人的兄弟了！二二八事件發生，被外人譏笑成兄弟內鬥，真是情何以堪！他們擅長用權威壓迫、強取豪奪、予取予求，用軍隊如火如荼的屠殺，這時臺灣人才驚恐地發現事態嚴重，如果是兄弟，怎會這樣呢？
軍隊鎮壓之後，大量的公眾言論被強制消音，一樁又一樁的懸案沒有查明，原本28家合法登記的新聞報刊遭到查封，只剩下親政府立場的數家而已，媒體經營者、從業人員死的死，坐牢的坐牢，已經聽不到人民的聲音[1]。違法殺人層出不窮、殺人案件至今沒有公布真相。二二八大屠殺的元凶陳儀，聽說到現在都還安然無事，逍遙法外，對於自己的所作所為還沾沾自喜、大聲張揚！

註解

* 葉榮鐘，《少奇吟草》（臺北：龍文出版社，2001年），頁62。
1 詳見：呂東熹，《二二八記者劫》（臺北：玉山社，2016年2月），頁10。

㉝觀二二八事件善後處置感作

詹作舟（1947年）*

黑暗乾坤事莫明，
是非顛倒總心驚，
坐看報復殊難忍，
聞道私囚更不平。
終古沉冤三字獄，
即今飛禍幾餘生，
草菅人命誰知悔，
權柄親操任縱橫。

詹作舟先生肖像。
（資料來源：《詹作舟全集》）

臺語吟唱

客語吟唱

作者

詹作舟（1891-1980），本名詹阿川，字作舟，又字臨川，早年號宜園、晚年號潛園，彰化市（時彰化中街仔）人。幼時就讀於知名漢學家黃倬其的「小逸堂」私塾，奠定深厚漢學基礎。12歲入彰化公學校，後考取臺灣總督府醫學校，與賴和、杜聰明為醫學校同級生。行醫於永靖，終生定居當地。

1928年詹作舟任永靖庄協議員。1950年白色恐怖時期被誣入獄，遭拘留99天後始獲釋，此後對世事甚感灰心，日益沉浸於作詩，1959年擔任興賢吟社第二任社長。其詩作數量龐大，並有大量終戰初期及二二八事件前後感懷民生困頓的寫實詩作，是極為珍貴的時代記憶。[1]

注釋

一，黑暗乾坤：是非不分，毫無天理。

二，殊：非常、極、甚。

三，私囚：不依法律規定或賦予的權力，而加以拘禁。

四，終古：古昔、過往。

五，三字獄：無罪被冤下獄。宋朝岳飛被秦檜以「莫須有」之罪誣陷入獄，冤死於風波亭上。

六，飛禍：飛來橫禍，意外的災禍。

七，草菅人命：比喻輕視人命，濫殺無辜。

八，親操：親自操持。

詩題解析

詩題雖是寫政府對於二二八事件的「善後處置」，但在詹作舟看來，政府所為不過是「黑暗乾坤」、「是非顛倒」，所謂善後，其實是各種報復、私囚的野蠻行徑。詹作舟以「終古沉冤三字獄，即今飛禍幾餘生」一聯，痛陳二二八事件就如同過去的三字獄，統治者以「莫須有」的理由將人羅織入罪，又有多少人能倖存下來呢？

詩文解譯

社會風氣敗壞、政府毫無公理正義可言，萬事皆不光明磊落，是非不明，令人感到恐懼不安。無可奈何的我旁觀著政府報復百姓，感到非常難以忍受，每當聽聞有人被當權者違法拘禁，更加地憤慨不平。

古時曾有三字獄這般難以昭雪的冤屈，而現今這天外飛來的橫禍，又有幾人能倖存？草菅人命的當權者，有誰會反省而感到悔悟呢？只是操弄著權力，繼續胡作非為罷了。

註解

* 詳見：臺北二二八紀念館，〈二二八文學與藝術〉：https://228memorialmuseum.gov.taipei/News_Content.aspx?n=32751CC8436F806F&sms=10F0700962005230&s=FCABBF30C9B0A4B3

1 參見：臺灣歷史人物傳記資料庫，〈詹作舟〉：http://tbdb.ntnu.edu.tw/showBIO.jsp?id=DA89FDA9-B307-6D83-59E9-AA596760C768

㉞ 五十自遣

（七律八首　其二、其四）

周定山（1947年）*

雷厲風雲劫未終，
生難狃俗敢言窮，
身經國土重光日，
人在天涯半晦中。
城社縱橫穿穴鼠，
衣冠俯仰叩頭蟲，
背芒纔拔沙侵眼，
禍福奚須問塞翁。

兩袖遊塵認劫前，
動登名岳靜奇泉，
忍聞鞭石橋難渡，
恥學彈魚鋏愈懸。
物漲世驚三萬倍[1]，
民窮史痛五千年，
從知族類滋生息，
一例隨風草蔓延。

臺語吟唱

客語吟唱

作者

周定山（1898-1975），本名火樹，字克亞，號一吼，又號公望、銕魂、化民、悔名生，鹿港人。出身貧寒，對社會底層充滿了同情與關懷。

對漢學極有熱忱，常趁課餘、公餘自我學習，奠定其堅實的漢學基礎。專長詩、文、小說，又以詩著稱。戰前彙集其所著作，編有《一吼劫前集》，與賴和、葉榮鐘是莫逆之交，也是新文學的箇中能手。

戰後曾任職虎尾區民政課、臺灣省商業聯合會、省立臺中圖書館，二二八事件後，一度被捕審問，後無罪開釋。其後曾任臺北民政廳地方自治編目委員會委員，與北臺詩人們時有往來。1957年於鹿港成立「半閒吟社」，並於「泉郊會館」授漢文，晚年則於自宅作育英才，孜孜不倦，並彙集戰後創作，編有《一吼劫後集》。作品扎根於真實的生活，文筆犀利批判時局、反映社會現象，見證臺灣人民的生活原況。葉榮鐘曾稱許，「舊詩寫得最好的是陳虛谷，其次便是周定山。」[2]

中年時期的周定山，約攝於1940年代。
（資料來源：國立臺灣文學館提供）

注釋

一，雷厲風雲：暗喻二二八事件後軍隊對人民一連串的鎮壓。

二，劫：災難、災禍。

三，生難狃俗：生性難以安於世俗。狃，習慣、安於。

四，敢言窮：有勇氣甘於貧困。

五，重光日：重見光明，指臺灣終戰。

六，半晦：人生際遇時有昏暗。

七，城社縱橫：鼠輩橫行於當今社會。城社是城郭與社稷，代指國家。

八，衣冠俯仰：那些官員俯首貼耳都是唯命是從，巴結逢迎的小人。衣冠，衣服帽子，指達官權貴。

九，叩頭蟲：受制於權勢，唯命是從，只會逢迎哈腰的人。

十，背芒：芒刺在背，有許多細小的芒刺沾在背上。隱喻日本殖民政府。

十一，奚：為何、為什麼、何必。

十二，塞翁：指「塞翁失馬焉知非福」。

十三，兩袖：兩袖指古人所穿的衣服袖子寬大，形容人迎風翩立的瀟灑神采。又因衣袖內空無一物，也比喻清廉。

十四，遊塵：遊歷於塵世中。

十五，忍聞：「慘不忍聞」，形容情狀悽慘，使人不忍聽聞。

十六，鞭石：做事得到神助。語出《藝文類聚》，秦王鞭石入海，化作石橋不成，令神人鞭之盡流血。

十七，恥學彈魚鋏愈懸：不恥進入官場擔任要職，卻反遭誤解為謀官求利。鋏，劍柄。戰國時代齊國人馮諼因家貧而要求在孟嘗君門下當食客，起先不受孟嘗君重視，馮諼乃倚柱彈劍，高歌：「長鋏歸來乎！食無魚。」孟嘗君乃依其要求而給予較好的待遇。

十八，從：此處作依順之意。如從命、服從。

十九，一例：一律、一概。

詩題解析

全詩有八首，本書僅錄兩首。戰後不久且爆發二二八事件後，周定山眼見陳儀政府施政不當、官員昏聵、蛇鼠一窩，沆瀣一氣，文明秩序倒退，表達對當時社會、時局的不滿與憤怒。

詩文解譯

雷厲風行的政令之下，二二八事件的災難尚未終止。我的個性不習慣迎合世俗，有勇氣甘於貧困，所以雖然置身於臺灣「重見光明」的今日，但自己卻像是社會邊緣人，前途昏暗不明。

國家社會充斥鑽法律漏洞的鼠輩，達官貴族忙著逢迎哈腰，彷彿是一群叩頭蟲；才剛拔掉宛如背脊芒刺的日本殖民政府，雙眼卻侵入蔣介石政權這遮蔽光明前途的沙子，未來的吉凶何須再問呢？

想起早年劫難未至之前，兩袖清風地遊走在塵世間，想走動就去登山，想靜心就觀賞奇泉。而今想要出世歸隱，卻不忍心社會所面臨的災難；想要入世作出一番作為，卻不恥學習馮諼倚柱彈劍的求職行為，實在進退兩難。

如今物價高漲三萬倍，舉世震驚，這種人民窮困的慘痛歷史彷彿已經持續了五千年。從而知道萬物滋養生息的道理，風吹來，青草一概蔓延生長，政府從一開始就應該順應自然之道，不能過度干涉啊。

註解

* 此詩收於《一吼居詩存．第五集．丁亥（1947）稿》，又載《一吼劫前集．第二卷附劫後集．丁亥年》。詳見：周定山作，余美玲主編，《周定山全集（一）漢詩卷（下）》（臺南：國立臺灣文學館，2021年），頁2-3。

1 原詩寫「培」，《周定山全集》主編余美玲認為是筆誤，更改為「倍」。詳見：周定山作，余美玲主編，《周定山全集（一）漢詩卷（下）》（臺南：國立臺灣文學館，2021年），頁3。

2 參見：臺灣歷史人物傳記資料庫，〈周定山〉：http://tbdb.ntnu.edu.tw/showBIO.jsp?id=6EB839FC-9D33-24E8-6043-6767CAD84D1E

㉟三月一日聞雷

林獻堂（1951年）*

一聲霹靂出雲中，
餘響遙拖羯鼓同，
啟蟄龍蛇將起陸，
應時花木漸成叢。
穿窗細雨深宵急，
翻幕寒風薄暮洪，
失箸英雄今已矣，
惟餘燕子自西東。

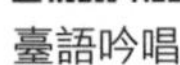

臺語吟唱

客語吟唱

女聲吟唱

林獻堂先生畫像。
（資料來源：霧峰林家花園林獻堂博物館提供）

作者

林獻堂（1881-1956），本名大椿，字獻堂，號灌園，臺中市霧峰區（時臺灣府彰化縣）人。是清治時期舉人廣東候補道臺林文欽（1854-1900）的長子，幼年喪母，由祖母撫養長大。1895年臺灣被割讓給日本時，林文欽在香港，林獻堂僅14歲，即奉祖母之命帶領家族40餘人前往泉州避難。20歲時赴香港迎其父林文欽之櫬回臺歸葬，年少老成、經營製糖與樟腦事業，領導霧峰林家，22歲擔任霧峰區長。林獻堂27歲訪日時結識梁啟超，此後思想甚受影響。曾與士紳捐資成立臺中中學、成立臺灣「同化會」、任東京「新民會」會長、領導臺灣議會設置運動、任臺灣文化協會總理、《臺灣民報》董事長，一生投入文化抗日運動。1947年二二八事件後，眼見陳炘等昔日抗日同志等臺灣菁英皆遭陳儀等人殺害，心痛欲絕，1949年9月赴日就醫，於日本終老一生。

注釋

一，聞雷：聽見打雷聲。

二，霹靂：又急又響的雷。

三，遙拖：迴盪。

四，羯鼓：一種源出於羯族的打擊樂器。

五，啟蟄：驚蟄的舊稱，二十四節氣之一，春天氣溫回升，蟄居的動物驚醒並開始活動。蟄，動物入冬藏在土中，不再飲食，俗稱冬眠。

六，龍蛇起陸：龍蛇齊現於大地，鬥爭由暗到明，不分出勝負不罷休。形容發生戰事動亂，或指秋冬肅殺的季節。《陰符經・上篇》「天發殺機，移星易宿；地發殺機，龍蛇起陸；人發殺機，天地反覆。」

七，應時花木：適應季節的花草樹木，比喻迎合時勢的人。

八，叢：聚集、灌木。

九，宵：夜晚。

十，幕：垂懸的簾幔。

十一，薄暮：傍晚。

十二，洪：很大。

十三，失箸英雄：遲暮之英雄。原指因受驚而失落手中的餐具，典出《三國志・蜀先主傳》劉備未成事之前，一次與曹操吃飯，曹操對劉備說：「當今天下英雄只有你和我」劉備以為曹操看出他的心事，驚得手中的筷子掉落地上。後失箸指有胸懷大略的人。箸：筷子。

十四，自西東：飄零。

詩題解析

詩題字面的意思是三月一日聽見雷聲響，哀悼1947年二二八事件與其後大屠殺中的死難者。半生對抗異族日本統治、心繫漢文化的林獻堂，終戰後卻見證比日本還殘暴的威權統治者，心中的苦楚與悲悽日日夜夜都啃噬著他。

詩文解譯

聽見一聲又急又響的春雷從雲端打下，好像二二八事件的槍聲。盤桓不去的雷鳴與槍聲一樣，彷彿胡人迴盪的鼓聲，令人不安。

二二八事件就像「驚蟄」，其後龍蛇蟲獸各種動物活躍於大地，當令的花草樹木也逐漸茂盛，就像是掌握時勢的人亦大顯著身手。

深夜雷聲大作後，細密的急雨瞬間滲入窗內，傍晚又強又冷的寒風吹得簾幕翻飛，宛如二二八事件後政府到處抓人的肅殺氣氛。

曾經有如劉備渴望有所作為的我，如今已難再發揮，而我也不再像當年對抗日本殖民政府而南北奔波，只待燕子自去自來，我只能老死異鄉了。

註解

* 本詩出自葉榮鐘編，林獻堂作，《灌園詩集，卷二遺著，東遊吟草》（臺北縣：龍文，1992年3月重印出版），頁30。

❸❻ 一嘆

賴惠川（1953年）*

室人交遍責喃喃，
蕭瑟荒廚冷不堪，
三十二元求斗米，
百千萬劫負奇擔。
日難一日生何賴，
年又更年死未甘，
為問蒼天曷有極，
茫茫天道費空談。

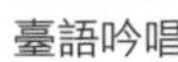
臺語吟唱

客語吟唱

賴惠川先生肖像。
（資料來源：文化部國家文化記憶庫）

作者

賴惠川（1887-1962），本名尚益，號頤園，別署「悶紅老人」，嘉義人。出身書香門第，自幼深受漢學薰陶。1899年入總爺街的嚴本林先生門下習漢學，1944年出任孔子廟書記以避開日軍的徵召。一生喜愛交友，與嘉義傳統詩人如王殿沅、林緝熙、黃文陶、張李德和等皆有交往，而其於故居「悶紅館」亦有不少門人。1943年，賴惠川成立「小題吟會」，與友人合作創作詩詞。1946年改名為「題襟亭填詞會」，直至1951年解散，期間創作多元，是臺灣詞社發展的開端。創作多產且多元，由於性格方正，素有「方正之士」美譽。[1]一生歷經清末、日治、戰後三個時期，寫實的創作風格，素有「社會風情詩人」的稱號。其詩集《悶紅墨屑》被譽為一部「臺灣風物誌」、「臺灣民俗大文獻」、「臺灣三代人文變遷史」。[2]

注釋

一，室人：家人、妻妾的通稱。

二，交遍：輪番過來。交，囑託、交待。遍：全面、到處。

三，責喃喃：責備之聲不斷。

四，蕭瑟：寂靜冷清。

五，斗米：1斗米是11.5臺斤，1臺斤是0.6公斤，因此，1斗米大約為6.9至7公斤。經查1950年1月臺北市蓬萊米中等白米零售價格1公斤為新臺幣1元，1953年5月已高達1公斤4.10元[3]，換算為1斗米是28.7元。住在嘉義的詩人提到32元求1斗米，可見嘉義的米價不僅遠高於臺北市，且仍不可得。

六，劫：災禍。梵語（kalpa）音譯「劫波」，佛學指悠長的時間單位。

七，負奇擔：背負著重擔。擔，負責、承當。

八，賴：依靠。

九，甘：樂意、情願、甘心。

十，為問蒼天曷有極：問蒼天，我的悲傷何時到盡頭。原為「彼蒼者天，曷其有極」，典出《詩經》。曷，通「何」，什麼時候。極，盡頭。

十一，茫茫：廣大無邊的樣子。

十二，費：花用、消耗。

十三，空談：不切實際的言談。

詩題解析

此詩感嘆戰後的人民疾苦，既是對於生活的嘆息，也是時代的哀嘆。尤其是1945年戰後初期政府種種施政不當，導致通貨膨脹，到了1949年蔣氏政權遷臺後臺灣人口增加百萬人，糧食供應吃緊、米價飆漲，到了1953年米價達到最高峰。肇因於糧食局的食米管制措施紊亂，對外要輸出食米換外匯，對內既要確保軍公教人員的配給，又採行糧食生產貸款、肥料換穀制度，並同時實施耕者有其田等土地改革，各項政策目標沒有輕重緩急。導致米價飆高，於1953年達最高峰，人民普遍求食不飽、無米可吃、甚至出現自殺悲劇。[4]

詩文解譯

為家計發愁的妻子不斷地交待責怪，廚房已經因許久未升火煮食而蕭索冷清至極。以32元換求一斗米，歷經各種劫難後又背負著重擔。

生活一天比一天困難又無所依賴，如此一年又一年，這種日子，如果就這樣死了，我會不甘心。問上天，我的悲傷何時才有盡頭？與廣大無邊的蒼天對話，也只是徒勞而已。

註解

* 詳見：《全臺詩》第56冊，（臺南：國立臺灣文學館，2019年），頁176。

1 王惠鈴，〈賴惠川《悶紅墨屑》研究〉，（臺中：國立中興大學中國文學系碩士論文，2000年），頁16。

2 參見：臺灣文學館線上資料平臺，〈賴惠川〉：https://db.nmtl.gov.tw/site2/dictionary?id=Dictionary01816

3 劉志偉、柯志明，〈戰後糧政體制的建立與土地制度轉型過程中的國家、地主與農民（1945-1953）〉，《臺灣史研究》9卷期1，（臺北：中研院臺灣史研究所，2002年6月），頁155。

4 劉志偉、柯志明，〈戰後糧政體制的建立與土地制度轉型過程中的國家、地主與農民（1945-1953）〉，《臺灣史研究》9卷期1，（臺北：中研院臺灣史研究所，2002年6月），頁111-166。

㊲次鏡邨氏鎌倉晤談有感原韻

林獻堂（1950年）*

「

歸臺何日苦難禁，

高論方知用意深，

底事弟兄相殺戮，

可憐家國付浮沈。

解愁尚有金雞酒，

欲和難追白雪吟，

民族自強曾努力，

廿年風雨負初心。

」

林獻堂先生肖像。
（資料來源：霧峰林家花園林獻堂博物館提供）

臺語吟唱

客語吟唱

作者

林獻堂（1881-1956），本名大椿，字獻堂，號灌園，臺中市霧峰區（時臺灣府彰化縣）人。是清治時期舉人廣東候補道臺林文欽（1854-1900）的長子，幼年喪母，由祖母撫養長大。1895年臺灣被割讓給日本時，林文欽在香港，林獻堂僅14歲，即奉祖母之命帶領家族40餘人前往泉州避難。20歲時赴香港迎其父林文欽之櫬回臺歸葬，年少老成、經營製糖與樟腦事業，領導霧峰林家，22歲擔任霧峰區長。林獻堂27歲訪日時結識梁啟超，此後思想甚受影響。曾與士紳捐資成立臺中中學、成立臺灣「同化會」、任東京「新民會」會長、領導臺灣議會設置運動、任臺灣文化協會總理、《臺灣民報》董事長，一生投入文化抗日運動。1947年二二八事件後，眼見陳炘等昔日抗日同志等臺灣菁英皆遭陳儀等人殺害，心痛欲絕，1949年9月赴日就醫，於日本終老一生。

注釋

一，鏡邨氏：邨，村的異體字。新竹人張清和，號鏡村，曾參與竹社，晚年時旅居日本的林獻堂與其多有往來，常一起作詩吟唱。

二，鎌倉：日本地名，位於神奈川縣。

三，晤談：見面談話。

四，難禁：難以忍受、難以承受。

五，高論：不平凡而高遠的言論。

六，底事：為了何事？

七，殺戮：屠殺。

八，浮沈：隨波逐流、消長、沉淪。

九，金雞酒：指紅露酒。該酒以糯米及紅麴發酵釀製，常為產婦坐月子用酒，酒色金黃，故有「金雞酒」之稱。此酒源自福建安溪，閩人移民來臺後開始在臺生產。1909年林青雲所創宜蘭酒廠即是生產紅露酒。

十，和：和詩。

十一，白雪吟：白雪，古琴的樂曲名。比喻高雅精深的藝術作品。

十二，民族自強曾努力：應該是指林獻堂領導的各種抗日運動，其中以1921年1月30日發起，歷時14年向日本東京帝國議會請願15次的臺灣議會設置請願運動最為著名；另外林獻堂也參與臺灣文化協會，和臺灣地方自治聯盟等各樣文化抗日運動，都是臺灣民主與文化思潮的啟蒙運動。

十三，初心：初衷，原初的心意。

詩題解析

晚年旅日的林獻堂在鎌倉與詩友張鏡村見面談話後，寫下此詩，表達他對當時臺灣政局的失望，也悲嘆自己20多年來為臺灣奮鬥卻換來幻滅的酸楚。

詩文解譯

我何時才能回臺灣呢？心中思念故鄉的痛苦一直無法停止。聽你這番不凡的言論，才知道你的用意深遠。

是什麼原因導致二二八事件兄弟相殘的悲劇？國家為此而沉淪，令人惋惜。

消解愁緒，我還能喝喝金雞酒，但是，想以和詩回贈，卻又比不上你精深的文采。

我曾經為臺灣人的民主與自治奮鬥了20多年，挺過風風雨雨，沒想到迎來的是蔣氏政權的「二二八事件」及「戒嚴統治」！如此光景，辜負了我20多年前推展臺灣民主自治運動的初衷啊！

註解

* 本詩出自葉榮鐘編，林獻堂作，《灌園詩集，卷二遺著，東遊吟草》（臺北縣：龍文，1992年3月重印出版），頁25。

㊳追思啟蒙世代

游錫堃（2022年）*

緝菸事件費猜疑，
維序緣何遍地屍？
推展民權籌政黨，
力爭普選豎旌旗。
陳儀動武施高壓，
介石興兵肅異歧，
屠戮戒嚴從此起，
啟蒙世代恨難移。

臺語吟唱　客語吟唱

作者

游錫堃（1948-），宜蘭人，仰山文教基金會創辦人。出身農夫、勞工。曾任臺灣省議員、1986年圓山組黨大會（「1986黨外選舉後援會」）主席、宜蘭縣長、國立臺北藝術大學傳統藝術研究所兼任教授、行政院長、民進黨黨主席、立法院長、臺灣民主基金會董事長。

注釋

一，緝菸事件：1947年2月27日在臺北大稻埕發生的官方取締販賣私菸引起警民衝突的事件。

二，費猜疑：真相不明，令人感到疑惑。

三，維序：維持秩序，意指治安。

四，緣何：為何？

五，遍地屍：到處都是屍體，形容死了很多人。

六，籌政黨：1945年9月，蔣渭川等人成立「臺灣民眾黨」籌備處，目的是籌組政黨，但是其後被當時政府逼迫，先後改名為「臺灣民眾協會」及「臺灣省政治建設協會」等。

七，力爭普選：積極向陳儀政府爭取縣市長民選。

八，豎旌旗：旌旗，為旗幟的通稱，在此引申為提出與當時陳儀政府不同的主張。

九，陳儀：1945年至1947年間，代表蔣介石政權統治臺灣的行政長官。

十，施高壓：採取高壓統治手段。

十一，介石：指蔣介石。

十二，興兵：指出兵。1947年3月7日出兵從上海來臺灣。

十三，肅異歧：整肅、屠殺意見不同的人。
十四，屠戮：屠殺之意。
十五，戒嚴：頒布《戒嚴令》，限制人民的言論、結社自由等基本權利。
十六，啟蒙世代：從日治時代1921年起至1947年間，臺灣的民主與文化啟蒙運動所啟發的一整個世代臺灣菁英。
十七，恨難移：追求臺灣人自由民主普世價值的志向，慘遭屠戮扼殺的仇恨，永遠消除不了！

詩題解析

本詩作於2022年，為閱讀黃惠君女士所著的《228消失的政黨－臺灣省政治建設協會（1945-1947）》一書後，感賦「臺灣省政治建設協會」所屬一整個啟蒙世代菁英被屠殺之悲劇。

詩文解譯

二二八事件，原只是一個因查緝私菸而引起警民衝突的治安事件，屬於地方性維持秩序的行政工作，為何會演變成使用軍事武力全臺鎮壓，造成臺灣南北各地屍體橫陳的局面？真是匪夷所思，令人想不通！

看了2021年出版的《二二八消失的政黨》，才知道終戰後，眾多啟蒙世代的臺灣菁英為爭取民主自治，設立「臺灣民眾黨籌備處」，後被迫改名為「臺灣民眾協會」於1946年1月6日成立，後又被迫於1946年4月7日改名為「臺灣省政治建設協會」（簡稱「臺建協」）。其後，「臺建協」全臺串聯，積極倡議爭取臺灣自治與縣市長普選而為陳儀所忌。

陳儀藉二二八事件，動用武力採取高壓政策；蔣介石接受陳儀電報所請，快速從上海派兵於3月8日到達基隆港展開屠殺，導致25個分會、成員1萬多人的「臺建協」被消滅。

二戰後，臺灣被代表盟軍的蔣氏政權接收，不久即發生殘酷大屠殺，其後又實施長達38年的戒嚴體制，1921年起啟蒙世代的臺灣菁英幾乎被屠殺殆盡，他們的怨恨將永遠消除不了！

註解

* 首刊於本書。本書出版前，作者曾於各地演講中吟唱此詩https://www.ly.gov.tw/Pages/Detail.aspx?nodeid=5255&pid=226062。

臺灣省政治建設協會在二二八事件後解散，無數成員受難。（資料來源：黃惠君女士提供）

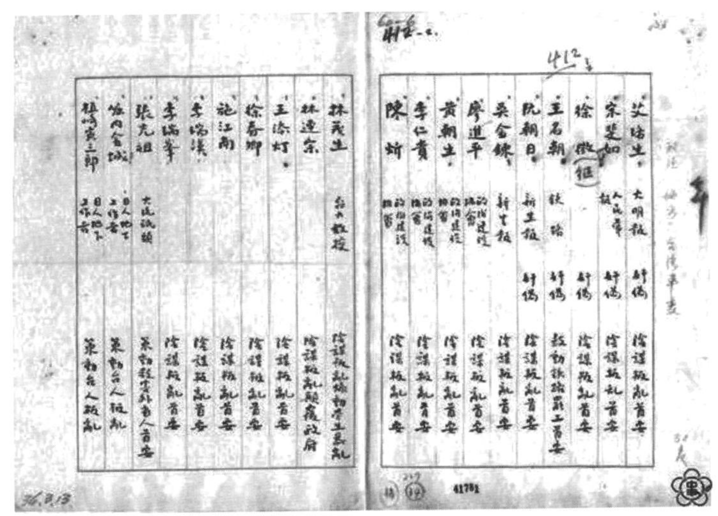

姓名	身分		罪名
艾璐生	大明報	奸偽	陰謀叛亂首要
宋斐如	人民導報	奸偽	陰謀叛亂首要
徐徵		奸偽	陰謀叛亂首要
王名朝	鐵路	奸偽	鼓動鐵路罷工首要
阮朝日	新生報	奸偽	陰謀叛亂首要
吳金鍊	新生報		陰謀叛亂首要
廖進平	政治建設協會		陰謀叛亂首要
黃朝生	政治建設協會		陰謀叛亂首要
李仁貴	政治建設協會		陰謀叛亂首要
陳炘	政治建設協會		陰謀叛亂首要
林茂生	台大教授		陰謀叛亂煽動學生暴亂
林連宗			陰謀叛亂顛覆政府
王添灯			陰謀叛亂首要
徐春卿			陰謀叛亂首要
施江南			陰謀叛亂首要
李瑞漢			陰謀叛亂首要
李瑞峯			陰謀叛亂首要
張光祖	大流氓頭		策動殺害外省人首要
堀內金城	日人地下工作者		策動台人叛亂
椎崎寅三郎	日人地下工作者		策動台人叛亂

陳儀呈蔣介石密裁名單其中多位為臺灣省政治建設協會成員。（資料來源：國史館提供）

白色恐怖

白色恐怖是指1949年5月20日臺灣頒布戒嚴令至1992年5月《刑法》第一百條修正生效為止，長達43年的恐怖統治期間。臺灣在兩蔣政權統治下，以《臺灣省戒嚴令》、《動員戡亂時期臨時條款》、《懲治叛亂條例》、《刑法》第一百條等法令規章進行威權統治，對異議人士嚴格管束、拘禁、殺害，將社會塑造成對蔣氏政權有利的政治環境，估計受害人士約14萬至20萬人之間*。

「白色恐怖綠島紀念園區」為戒嚴時期軍事、政治、治安案件之羈押的場所。（資料來源：國家人權博物館提供）

註解

* 「根據法務部統計，戒嚴時期軍事法庭受理的政治案件達2萬9,407餘件，無辜受難者約達14萬人，司法院統計，政治案件更可能高達6、7萬件。」詳見：行政院第3049次院會決議，2007年7月11日。

39 自由日

吳濁流（年代不詳）*

光復以來倡自由，
自由今古實難求。
人間那及空中鳥，
日日何妨任意啾。

臺語吟唱

客語吟唱

作者

吳濁流（1900-1976），本名吳建田，新竹新埔人，畢業於臺灣總督府國語學校師範部。擅長小說創作，漢詩也有建樹，著有《濁流千草集》、《藍園集》等詩集傳世。

吳濁流先生肖像。
（資料來源：吳杏村女士提供）

其自幼細膩，善於觀察社會，畢業後因見識到日臺人之間的不平等，而撰論文〈論學校教育與自治〉討論。發表後遭視為思想極端，而受打壓及監視。1941年赴上海工作，又見到夾於中國人與日本人間的臺灣人，遂開始對自身民族認同產生懷疑，也呈現於其1945年創作、1946年於日本出版之小說《亞細亞的孤兒》中。

吳濁流一生以筆為劍，以文學為臺灣的歷史作證。1968年發表之《無花果》、1974年完成之《臺灣連翹》等，分別刻劃著從殖民至威權統治臺灣社會的態樣，亦為長期受到統治者壓迫的臺灣人民發聲。1964年創辦《臺灣文藝》雜誌，並於同年設置了臺灣文學獎，推動臺灣本土文學的發展，也培養出許多傑出的鄉土文學作家，開啟戰後文學的時代。「誓將熱血挽狂瀾，七十光陰一指彈；寄語萬千諸後秀，一心一德振文壇。」吳濁流賦詩表明其創設文學獎之理念，可見其對於傳承臺灣文化強烈的使命感，也造就其在臺灣文壇不可撼動的地位。[1]

注釋

一，光復：現通稱「戰後」或「終戰」。2019年教育部公告的12年國教社會領域課綱全部使用「戰後」一詞，未使用「光復」一詞。

二，自由：依照自己的意志行事，不受外力非法的拘束或限制。

三，人間：世間、塵世。

四，任意：隨意而為，不受拘束。

五，啾：形容蟲鳥細小的叫聲。

詩題解析

自古以來，臺灣人民就不斷地在追尋自由。希望總有一天，自由將會在大家的期盼下到來。

詩文解譯

戰爭結束之後，人民對自由的倡議未曾間斷，但是從古代至今日，人民的自由一直難以實現。世間人們的自由，反而不如空中的鳥兒，天天可以自由自在而不受拘束的任意高歌。

註解

* 本詩出自：吳濁流，《濁流千草集》（臺北縣：龍文，2006年5月），頁137。吳濁流初次出版於1963年，書序中自承該書收錄自30年間的漢詩作品。推測本詩創作年代應該是在1945年至1962年間。

1 臺灣記得你，教育部國民及學前教育署「臺灣記得你」計畫總計畫團隊https://taiwan.k12ea.gov.tw/index.php?inter=people&id=36

㊵四月十四日北上感作

張達修（1950年）*

分明無妄竟成災，
文字懸知是禍胎。
北望稻江頻灑淚，
鋃鐺有子未歸來。

臺語吟唱

客語吟唱

張達修先生肖像。
（資料來源：何進興先生提供）

作者

張達修（1906-1983），號篁川，別號少勳，南投竹山人。19歲前往臺南拜清治時期秀才王則修為師學習漢學。1936年任臺灣新聞社漢文部編輯，並主編《詩報》。1941年赴中國上海任職世界書局。二戰後服務教育界與公職，1961年任臺灣省政府民政廳機要秘書（兼任臺灣省文獻委員會委員）等。善文章，詩作甚多，在戰後詩壇頗為活躍。

二二八事件後，國民黨政府大肆搜捕臺籍菁英及青年學子，佯令各高級中學優秀生加入學校的「讀書會」，再將其視為共黨組織實施抓捕。其子張振騰因參加讀書會，遭軍法依「參加匪偽組織企圖顛覆政府」之罪名審判，便轉送綠島坐了12年政治黑牢。在此期間，張達修以「赤牛仔斬尾──假鹿（假樂）」自嘲[1]，以詩化散自身心中的沉痛。其創作早期以社會寫實為主，後因其子遭遇，多以天災損害來隱晦的書寫心志，並以從容大雅，曲調音節和平來表現田園派詩人的風格及其文人風範。1963年，創立中興吟社，擔任社長。1971年屆齡退休後定居臺中，並於1983年逝世，生前著有《醉草園文集》、《醉草園詩集》。

注釋

一，分明：明明。

二，無妄：沒有過失。

三，懸知：料想，預知。

四，禍胎：禍害發生的源頭。

五，稻江：此指在大稻埕的臺灣省警務處刑警總隊拘留所，前身是日治時期的臺北北警署，1949至1958年在此處關押白色恐怖政治犯。

六，鋃鐺：形容鐐銬鐵鍊碰撞的聲音，指坐牢。

詩題解析

張達修獨子張振騰於1950年就讀臺灣省立地方行政專科學校（中興大學法商學院前身，今國立臺北大學）時，因參加讀書會於4月12日遭警備總部逮捕，直到判決確定始獲准與家人通訊，「這時距被補已逾半年有餘了，雙親接信來接見時告知被判12年刑期，雙親強忍淚水安慰我……」[2]。本詩為4月14日張達修北上欲探望張振騰未果，對於白色恐怖期間，這等濫捕濫抓的禍事，身為父親卻無能為力，僅能以詩抒解心中的無奈。

詩文解譯

顯而易見，他是被羅織罪名而坐牢的，今日才知道毫無關係的文字竟然也會成為災禍的來源。

我向北遠望大稻埕的拘留所，眼淚不自覺地流下，因為有我的兒子身陷牢中沒辦法回來。

註解

* 出自：張達修，〈林文龍序〉，《綠島家書》（臺中：張振騰發行，2007年），頁6。

1 張翠梧，〈張達修先生全集序〉，1979年12月30日。http://zhangdaxiu.blogspot.com/。

2 張振騰、張翠梧，《綠島集中營》（臺北市：前衛，2011年7月），頁19。

㊶ 綠島雜詠

（七絕四首　其四）

張達修（1958年）*

「

波青島綠足移情，

海客重逢坐月明。

風雨夜深催夢醒，

太平洋作不平鳴。

」

臺語吟唱

客語吟唱

作者

張達修（1906-1983），號篁川，別號少勳，南投竹山人。19歲前往臺南拜清治時期秀才王則修為師學習漢學。1936年任臺灣新聞社漢文部編輯，並主編《詩報》。1941年赴中國上海任職世界書局。二戰後服務教育界與公職，1961年任臺灣省政府民政廳機要秘書（兼任臺灣省文獻委員會委員）等。善文章，詩作甚多，在戰後詩壇頗為活躍。

二二八事件後，國民黨政府大肆搜捕臺籍菁英及青年學子，佯令各高級中學優秀生加入學校的「讀書會」，再將其視為共黨組織實施抓捕。其子張振騰因參加讀書會，遭軍法依「參加匪偽組織企圖顛覆政府」之罪名審判，便轉送綠島坐了12年政治黑牢。在此期間，張達修以「赤牛仔斬尾——假鹿（假樂）」自嘲[1]，以詩化散自身心中的沉痛。其創作早期以社會寫實為主，後因其子遭遇，多以天災損害來隱晦的書寫心志，並以從容大雅，曲調音節和平來表現田園派詩人的風格及其文人風範。1963年，創立中興吟社，任社長。1971年屆齡退休後定居臺中，並於1983年逝世，生前著有《醉草園文集》、《醉草園詩集》。

張達修（左）前往綠島探視張振騰（右）後作此詩，何進興攝影。（資料來源：何進興先生提供）

注釋

一，綠島：位於臺東縣東南方外海，戒嚴時期是關押政治犯的監獄所在地。原址現由國家人權博物館設立「白色恐怖綠島紀念園區」。

二，海客：在此指渡海而來，作客他鄉之人。

三，月明：月色皎潔柔和。在此形容為父子思念對方而激動、焦躁的心，終於能得到片刻平靜。

四，不平鳴：太平洋的巨浪拍打綠島海岸，引發陣陣巨響，以此景隱喻心中對不公平事物的憤慨。

詩題解析

張達修獨子張振騰，1950年就讀臺灣省立地方行政專科學校（中興大學前身，今國立臺北大學）時，因參加讀書會遭到警備總部逮捕，遭軍法審判，以「參加匪偽組織企圖顛覆政府」罪名判處12年政治冤獄[2]，送往綠島服刑。當時身為公務員的張達修終於獲准前往探視張振騰時作此詩。〈綠島雜詠〉共有四首，此為第四首，隱忍且隱晦地表達出憤慨與無奈，也凸顯出臺灣人民在白色恐怖下之戒慎恐懼，唯恐淪入文字獄。

詩文解譯

湛藍的海浪與蔥鬱的島嶼，景色美得足以移轉我思念愛子的心情。我渡海奔波而來，終於跟綠島黑牢中的兒子久別重逢，興奮地坐看皎潔柔和的月亮出來，急切焦躁的心終於獲得片刻平靜。

深夜裡的狂風暴雨吹得我從夢中驚醒，我輾轉反側，聽著太平洋的滔天巨浪鳴響著陣陣怒吼，彷彿在為我打抱不平啊！

註解

* 收於：張達修，《醉草園詩集（上）》（臺北縣：龍文，2006年6月），頁178。

1 張翠梧，〈張達修先生全集序〉，1979年12月30日。http://zhangdaxiu.blogspot.com/。

2 張振騰、張翠梧，《綠島集中營》（臺北市：前衛，2011年7月），頁104。

㊷壬辰五月下旬大仁別莊喜少奇過訪

林獻堂（1952年）*

別來倏忽已三年，

相見扶桑豈偶然？

異國江山堪小住，

故園花草有誰憐。

蕭蕭細雨連床話，

煜煜寒燈抵足眠，

病體苦炎歸未得，

束裝須待菊花天。

臺語吟唱

客語吟唱

作者

林獻堂（1881-1956），本名大椿，字獻堂，號灌園，臺中市霧峰區（時臺灣府彰化縣）人。是清治時期舉人廣東候補道臺林文欽（1854-1900）的長子，幼年喪母，由祖母撫養長大。1895年臺灣被割讓給日本時，林文欽在香港，林獻堂僅14歲，即奉祖母之命帶領家族40餘人前往泉州避難。20歲時赴香港迎其父林文欽之櫬回臺歸葬，年少老成、經營製糖與樟腦事業，領導霧峰林家，22歲擔任霧峰區長。林獻堂27歲訪日時結識梁啟超，此後思想甚受影響。曾與士紳捐資成立臺中中學、成立臺灣「同化會」、任東京「新民會」會長、領導臺灣議會設置運動、任臺灣文化協會總理、《臺灣民報》董事長，一生投入文化抗日運動。1947年二二八事件後，眼見陳炘等昔日抗日同志等臺灣菁英皆遭陳儀等人殺害，心痛欲絕，1949年9月赴日就醫，於日本終老一生。

注釋

一，壬辰：壬辰年是1952年。

二，大仁別莊：位於日本伊豆溫泉區，是林獻堂避居日本時避暑養病之處。

三，少奇：葉榮鐘字少奇，曾任林獻堂的通譯兼秘書，也是忘年之交。

四，別：分別。

五，倏忽：疾速、速度很快、忽然、突然。

六，扶桑：日出的地方。日本的別名。

七，異國：他國，此指日本。

八，江山：國土、國家、政權。

九，堪小住：暫時可以停駐。堪：勝任、承受。

十，故園：故鄉、故居、舊家、老家。

十一，蕭蕭：冷清、寂寥。

十二，連床話：同床而臥，講不完的話，形容感情很好。當時日本人通常睡在和室榻榻米上，因此葉榮鐘與林獻堂應該是同室共眠。

十三，煜：照亮、照耀。

十四，抵足眠：同床共眠，形容感情非常好。

十五，病體：生病而虛弱的身體。

十六，苦炎：苦於炎熱。

十七，歸：返回、還給。

十八，束裝：整裝、收拾行李準備出發。

十九，菊花天：秋天是菊花盛開的季節，指秋天。林獻堂曾孫林承俊曾表示，林獻堂原本確實計畫於1952年秋天返臺，後來因故未成行。

詩題解析

1952年5月25日，葉榮鐘等人到日本伊豆的大仁別莊探訪林獻堂，林獻堂見到久別多年的忘年之交，非常欣喜，特別賦詩一首，並出示葉榮鐘。葉日後回憶道，「故園花草有誰憐這一句，可以說是寄託遙深，饒有無限感慨。」[1]

葉榮鐘一行是為了勸林獻堂回臺灣，但仍遭婉拒。不過，葉榮鐘於7月2日在東京搭機啟程返臺之前，林獻堂特別搭乘三個半小時的準急電車從大仁趕到東京送行，此情出乎葉榮鐘意外更覺感動，但卻也是兩人最後一次見面[2]。

詩文解譯

分別至今，轉眼已經過了3年，我們在日本見面難道是偶然的嗎？

日本不是我的祖國，這個地方還可以讓我暫時借住，但是我的故鄉家園有誰可以疼惜照顧呢！

屋外下著連綿不斷的淒清小雨，我們兩人在臥室內有談不完的話；明亮冷清的燈光下，我們同室共眠。

林獻堂晚年避居山田一世將軍之大仁別莊，林承俊博士攝於2018年。（資料來源：霧峰林家花園林獻堂博物館提供）

我的身體多病，苦於炎熱，所以一直回不了故里。要我收拾行李回家鄉，可能必須等到菊花盛開的秋天吧！

林獻堂（前排左二）晚年與日本親友在大仁別莊重逢。站立者左二葉榮鐘。（資料來源：霧峰林家花園林獻堂博物館提供）

註解

* 本詩出自葉榮鐘編，林獻堂作，《灌園詩集，卷二遺著，東遊吟草》（臺北縣：龍文，1992年3月重印出版），頁30。另見：《全臺詩》第33冊，（臺南：國立臺灣文學館，2014年），頁214。
1 詳見：葉榮鐘著，李南衡編，《臺灣人物羣像》（臺北：帕米爾書店，1985年8月），頁33-34。
2 詳見：葉榮鐘著，李南衡編，《臺灣人物羣像》（臺北：帕米爾書店，1985年8月），頁33-36。

43 哀哀美麗島

葉榮鐘（1961年）*

「

哀哀美麗島，吾人之故鄉。
西臨臺海峽，東面太平洋。
恰如一撮土，抛置海中央。
幅員雖局促，物產甚饒豐。
草木四時綠，稻穰兩季黃。
天惠招覬覦，涎垂諸列強。
荷蘭身手好，捷足先登堂。
鄭家踵其後，撫有海南疆。
生聚與教訓，三代繼稱王。
無何明社屋，剃髮易冠裳。

杌隍兩百載，義旗幾度揚。
烏合雖不濟，氣燄頗囂張。
清廷棄弗惜，日人獲寶藏。
經營不遺力，崛起雄亞東。
同胞受宰割，終日心惶惶。
環顧無援手，身世劇淒涼。
八年沐血戰，故土幸重光。
滿望歸懷抱，悠悠來日長。
何意不旋踵，禹域沒洪浪。
未曾得喘息，飽受池魚殃。
焚琴復煮鶴，百怪恣橫行。
衣冠多魍魎，道路滿豺狼。
港風肆披靡，海派復猖狂。
芝蘭淪糞土，雞犬坐堂皇。

人心既大變，法令豈能防。
劫財與姦殺，日日盈報章。
何從救魚爛，標語視仙方。
未聞修破漏，先事漆門牆。
大難橫眉睫，笙歌處處颺。
對此長嘆息，憂思結中腸。

臺語吟唱

客語吟唱

作者

葉榮鐘（1900-1978），字少奇，號凡夫，筆名奇、掃雲、擎雲、一葉、葉天籟等，彰化鹿港人。幼時進入書塾啟蒙，公學校課餘習漢文。受林獻堂與辜顯榮援助，兩度赴日讀書並擔任林獻堂翻譯兼秘書，追隨林獻堂參與臺灣議會設置請願運動、臺灣文化協會。1930年從東京中央大學政治經濟科畢業，回臺後擔任臺灣地方自治聯盟書記長、1935年起陸續任職《臺灣新民報》、《大阪每日新聞》、《臺灣新報》等。二二八事件後服務於彰化銀行，退休後寫作著書終其一生。

注釋

一，哀哀：悲痛不已的樣子。

二，美麗島：臺灣的舊稱，譯自葡萄牙文「Ilha（島）Formosa（美麗）」，有一說為：「16世紀中葉，葡萄牙船員航行經過臺灣，看到臺灣高山峻嶺林木蒼鬱、大呼Ilha Formosa！」根據現有文獻，1582年葡萄牙人才明確以Formosa稱呼臺灣，後來的荷蘭人也沿用稱呼。清國領臺後正式使用「臺灣」名稱，但歐洲國家直到20世紀中葉仍稱臺灣為Formosa、臺灣海峽為Formosa Strait。1869年英國人約翰・陶德（John Dodd）引進茶葉在臺灣種植成功並將臺灣茶銷售到歐美，商標即是Formosa Tea。至今一些歐美人士仍習慣稱臺灣為Formosa[1]。

三，幅員：疆域的廣狹稱為「幅」，周圍稱為「員」，因此疆域稱為幅員。

四，局促：空間狹小。

五，物產：出產的物品。

六，四時：春、夏、秋、冬四季。

七，穰：稻、麥的莖。

八，天惠：上天的恩惠。

九，覬覦：希望得到不該擁有的東西。

十，垂涎：流口水，比喻極想獲得。

十一，列強：同一時期內，數個軍事或經濟力量強大的國家。

十二，踵：追隨、跟隨。

十三，撫：據有、占有。

十四，生聚與教訓：生聚，蓄積財富；教訓，教導忠義之行、作戰之法。

十五，無何：沒有多久。

十六，明社屋：明朝的社稷。社屋，社廟。

十七，剃髮易冠裳：滿清政權取代明朝，改朝換代，衣冠改制。

十八，杌隉：動搖不安，形容危險。

十九，載：量詞，計算時間的單位，相當於「年」。

二十，義旗：本指起義軍隊的旗幟，後泛指起義的軍隊。

二十一，烏合雖不濟：倉卒集合，似烏鴉的聚合，無嚴整紀律。指臺灣人民聚集的烏合之眾雖然無法成事。

二十二，重光：重新光復。

二十三，何意：不料、豈料。

二十四，不旋踵：來不及回轉腳步。比喻時間之迅速。

二十五，禹域：古代地域劃分稱呼。古代傳說禹平水土，劃分九州，指定名山、大川為各州疆界，後世因此稱中國為禹域。

二十六，焚琴復煮鶴：把琴當柴燒，又烹煮鶴來吃。比喻極殺風景的事。

二十七，衣冠：代稱仕宦顯達、名門望族。

二十八，魍魎：水中怪物。原指傳說中的鬼怪，亦用以比喻各種各樣的壞人。

二十九，道路滿豺狼：豺和狼皆是貪狠殘暴的野獸，比喻狠毒的惡人、奸人掌握大權，專斷橫行。

三　十，港風肆披靡，海派復猖狂：指蔣介石政權來臺之後帶來的不良風氣，一方面有香港享樂頹靡之風，一方面又沾染上海繁華都會豪奢的習氣。

三十一，芝蘭：芝、蘭皆為香草，象徵具有美好品德的君子。

三十二，糞土：穢濁的泥土。比喻沒有價值的東西。

三十三，盈：充滿、增加。

三十四，魚爛：魚從內部開始腐爛。比喻自內部敗壞。

詩題解析

本詩寫出臺灣四百年來歷經荷蘭、鄭氏政權、清國、日本乃至蔣介石政權統治，五度易主，臺灣人民受列強環伺侵擾卻無法自主的悲哀，並描述了戰後臺灣人原先對光復充滿期待，但在蔣介石政權代表盟軍接收臺灣後，官員卻是貪污腐化，百姓再次受到剝削、生活仍是困苦悲慘，使得葉榮鐘以「魍魎」、「豺狼」、「雞犬」等字眼強烈批判，對於政府刻意粉飾太平，乃至在二二八事件後，血腥鎮壓平民並且濫殺無辜，詩作筆觸也由憂心、忿怒再到無限傷悲，整首詩的鋪敘緊扣詩題〈哀哀美麗島〉。

詩文解譯

令人感到哀傷、悲痛的美麗島，是我們的故鄉，西臨臺灣海峽、東面連接太平洋，恰似一撮土壤被拋置到海洋中間。幅員雖然不大，但物產卻很豐饒，因為氣候宜人，草木終年常綠，稻作栽種也可年收兩期。

大自然天賜的恩惠，卻也為臺灣招來了列強的覬覦與垂涎，荷蘭人捷足先登據臺殖民。隨後鄭氏政權在臺灣西南部地區建都、經營，使得鄭成功「延平王」爵位得以延襲三代。但不久後清將領攻臺納降，鄭氏政權隨即滅亡。清國統治者為方便區別服從者與反抗者，更對漢人頒布剃頭易服的法令，在清國治臺動盪不安的兩百年來，也曾數度有人民揭竿起義，雖無嚴謹的組織紀律，但氣焰囂張不容小覷。

甲午戰爭後，清廷割讓臺灣、澎湖不知珍惜，讓日本人如獲至寶。日本人將臺灣作為南進的據點，開發臺灣不遺餘力，因此在東亞地區崛起。日本政府對臺灣人極盡欺壓剝削之事，使得人心惶惶，但環顧四週卻沒有國家願意對臺灣伸出援手，臺灣人的身世真是淒涼。

在八年抗戰勝利後，終於得以「光復」故土，臺灣人懷抱著希望，期待從此能過著好日子。不料過沒多久，中國又陷入國共內戰，原本以為能稍事喘息的臺灣，又遭受池魚之殃，在蔣介石政權來臺後，社會充斥著各種焚琴煮鶴、百怪橫行的亂象，統治階級猶如衣冠禽獸、豺狼當道，帶來了香港、上海地區豪奢靡爛的風氣，沉溺享樂而忽略國事。有才能的人不被重用，反而讓沒能力的人坐在辦公的大堂，因此人心大變、法令蕩然無存，每日都能在報紙上看見各種劫財姦殺、作奸犯科之新聞。

魚若從內部開始腐爛，要如何拯救？沒有作用的標語卻被視為仙方；不修補屋內破損漏水的地方，反倒是先將屋外門牆重新粉刷一番。大難即將臨頭，卻還在處處笙歌，對此我只能獨自長嘆，任由憂思在內心糾結。

註解

* 本詩為古體詩。出自葉榮鐘，《少奇吟草》（臺北縣：龍文，2001年6月初版。原為1979年9月臺中著者家屬排印本），頁123-124。《少奇吟草》在1979年初版時，因礙於政治氣候而未收入，直到《葉榮鐘全集》出版時才將此詩與〈無題〉兩首補入。詳見：葉榮鐘全集、文書及文庫資料館，https://archives.lib.nthu.edu.tw/jcyeh/guide/guide_04.htm#04

1 詳見：翁佳音、曹銘宗，《大灣大員福爾摩沙－從葡萄牙航海日記、荷西地圖、清日文獻找臺灣地名真相》，（臺北：貓頭鷹出版，2020年12月9刷），頁22-27。

㊹聞判十二年

柏楊（1969年）*

（判決書：姑念情節輕微，免死，處有期徒刑十二年。）

刀筆如削氣如虹，
羣官肅然坐公庭，
昔日曾驚鹿為馬，
至今忽地白成紅。
兀﨟有權製冤獄，
書生無力挽強弓，
可憐一紙十二年，
迎窗冷冷笑薰風。

柏楊先生肖像，陳輝明攝影。
（資料來源：《這個人・這個島・柏楊人權感恩之旅》，頁47，遠流出版社提供）

臺語吟唱

客語吟唱

作者

柏楊（1920-2008），本名郭定生，1944年改名郭衣洞，河南開封人。1938年加入國民黨，1949年來臺，曾任《自立晚報》副總編輯，1968年因為一篇翻譯的漫畫遭蔣氏政權以「打擊國家領導中心」罪名判刑12年，監禁於綠島（火燒島），於1977年4月出獄。柏楊在「文字獄」後繼續寫作與演講，出版《柏楊版資治通鑑》等著作。曾任總統府國策顧問。

注釋

一，刀筆如削：深諳法律的官吏，文筆犀利，用筆如刀。

二，公庭：法庭。

三，鹿為馬：典出成語「指鹿為馬」，隱喻為顛倒黑白。

四，白成紅：血濺白練，含冤莫白。典出《竇娥冤》，隱喻為冤案。

五，兀：尚、仍、還。

六，「豝」：柏楊所創新字，蓋恨當道者之如豬似狼也。

七，冤獄：冤誣的訟案。

詩題解析

因為翻譯文章，便被以侮辱國家元首罪逮捕，隨著罪名的變換，最終被判處了12年的徒刑。一聽聞自己即將被剝奪12年的光陰，也只能以紙筆抒發威權政府的不公。

詩文解譯

氣勢如虹的法官們，執著如刀劍般銳利的筆，嚴肅的坐在公堂上。以前我讀到指鹿為馬的典故，曾經感到震驚，現在我忽然必須接受被冠上「叛亂罪」的莫須有罪名！

如豬似狼的當權者掌握著能炮製冤案的權力，柔弱書生如我卻沒有絲毫的能力反抗。可憐只因一張寫著「判決」的書狀，就剝奪我12年的自由，聽到判決，我只能迎向窗外，對著初夏的東南風冷笑默然無語。

註解

* 本詩為古體詩。原詩收錄於：柏楊，《柏楊詩抄》（臺北：學英，1984年），頁47。

㊺感事

（七律四首　其二）

葉榮鐘（1974年）*

送虎迎狼四百年，
斯民命運實堪憐，
揮戈抗暴流腥血，
斬棘披荊闢美田。
只望兒孫能挺立，
何期兄弟竟相煎，
嗟余齒髮垂垂老，
解脱端宜待後賢。

葉榮鐘與夫人施纖纖，攝於1975年。（資料來源：國立清華大學圖書館珍藏資料）

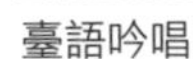

臺語吟唱

客語吟唱

作者

葉榮鐘（1900-1978），字少奇，號凡夫，筆名奇、掃雲、擎雲、一葉、葉天籟等，彰化鹿港人。幼時進入書塾啟蒙，公學校課餘習漢文。受林獻堂與辜顯榮援助，兩度赴日讀書並擔任林獻堂翻譯兼秘書，追隨林獻堂參與臺灣議會設置請願運動、臺灣文化協會。1930年從東京中央大學政治經濟科畢業，回臺後擔任臺灣地方自治聯盟書記長、1935年起陸續任職《臺灣新民報》、《大阪每日新聞》、《臺灣新報》等。二二八事件後服務於彰化銀行，退休後寫作著書終其一生。

注釋

一，送虎迎狼：詩人將蔣介石政權與四百年來的殖民統治者，一概以虎狼視之。[1]

二，斯：此、這個、這裡。

三，揮戈：揮動兵器。

四，斬棘披荊：荊、棘，二種多刺的草木。比喻克服種種困難。

五，挺立：直立，比喻屹立不搖，無所畏懼。

六，何期：豈料。出乎意料之外，沒有想到。

七，相煎：比喻彼此地位同等，關係密切，卻相逼過甚。

八，嗟：表達感傷、哀痛的語氣。

九，垂垂：漸漸。

十，端宜：確實、應當。

十一，後賢：後世的賢人。

詩題解析

此詩作於1974年，葉榮鐘眼見好友在威權統治下接連無辜受難，難忍心中愁緒寫下此詩，反映對蔣介石政權鎮壓行動的失望與不滿。當時並未公開發表。

詩文解譯

剛送走如老虎般暴虐的日本殖民者，又迎來豺狼般奸險的中國政權，臺灣人四百年來的命運實在可憐。先民們揮舞兵器對抗暴政，不惜流下鮮血，克服種種困難凶險，只為開闢美好的家園。

原希望後代子孫能無所畏懼、挺立於世，豈料居然出現兄弟相殘的憾事，可嘆我如今已經髮蒼齒搖、垂垂老矣，只能留待後世的賢人來解決這些事端了。

註解

* 本詩出自葉榮鐘，《少奇吟草》（臺北縣：龍文，2001年6月初版。原為1979年9月臺中著者家屬排印本），頁112-113。

1 引述自廖振富，〈不有真情不作詩——讀葉榮鐘詩集《少奇吟草》〉，《臺灣日報》副刊，2001年4月12日。詳見：https://archives.lib.nthu.edu.tw/jcyeh/link/Liao-chen-fu3.pdf

46 蒙冤

游錫堃（2023年）

戒嚴野士厚橫波，
兩蔣威權冤獄多，
警調偵查成獵獲，
傳媒影射伏干戈。
風吹草動知身險，
行正心堅又奈何，
慶幸奐均醫護順，
本尊健在自難訛。

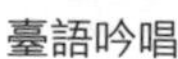
臺語吟唱

客語吟唱

作者

游錫堃（1948-），宜蘭人，仰山文教基金會創辦人。出身農夫、勞工。曾任臺灣省議員、1986年圓山組黨大會（「1986黨外選舉後援會」）主席、宜蘭縣長、國立臺北藝術大學傳統藝術研究所兼任教授、行政院長、民進黨黨主席、立法院長、臺灣民主基金會董事長。

注釋

一，戒嚴：戒嚴時期，人民的言論、集會、結社、出版等自由受到限制，政治異議人士動輒遭受統治者逮捕、拘禁、羅織罪名判處徒刑。

二，野士：在野政治人士，指當時的黨外人士。

三，厚橫波：常有意外的風波。厚，多、大的意思。橫，意外的。

四，冤獄多：冤獄，受人誣告、陷害而坐的牢。例如，2002年獲平反，[1]並於2019年再獲撤銷有罪判決[2]的雷震案，是在1960年遭依「知匪不報」、「為匪宣傳」判處10年有期徒刑。又例如於2019年及2022[3]年獲撤銷有罪判決的1979年美麗島案，也是蔣氏政權炮製的冤案，被判有期徒刑者達51人，刑期合計超過220年。另外，「根據法務部統計，戒嚴時期軍事法庭受理的政治案件達2萬9407餘件，無辜受難者約達14萬人，司法院統計，政治案件更可能高達6、7萬件。」[4]

五，警調偵查：警察、警備總部與調查局人員偵訊調查。

六，成獵獲：成為獵人得手的獵物。此處指威權體制下的在野政治人士，被當權者鎖定而受到警調偵查拘禁時，就等於是當權者的獵獲物，即使冤枉也無法逃出當權者的手掌心。例如：1960年的雷震先生，1979年的林義雄先生。

七，傳媒：指新聞傳播媒體。戒嚴時期實施報禁，執政黨除擁有多家黨營媒體外，大部分媒體會配合執政黨的新聞處理方針。

八，伏干戈：準備動武之意，形容統治者暗藏著以司法為武器的政治迫害計畫。威權體制下，傳媒往往有意或無意中被當權者埋伏著對異議人士不利的假新聞。例如：1980年林宅血案發生後，有關嫌疑犯的新聞，某黨媒描述：「『高高瘦瘦的青年』[5]的可疑人物，他曾在林義雄競選省議員期間擔任重要角色。」此報導埋伏著有助於統治者達成特定目的之不實消息。另有某親執政黨立場的媒體，報導身受重傷住院的林奐均曾說：「兇手是來過我家的叔叔」[6]，然而事後證明這則新聞與事實完全不符。伏，埋伏、暗藏。干戈，泛指武器。

九，風吹草動：指幕後黑手特意運作，檢調偵查及傳媒報導加以應和。風，指看不見的幕後黑手，例如黨國高層。草動比喻警調的行動及傳媒的報導。

十，知身險：知道自己身陷險境。林宅血案發生於蔣氏政權炮製「美麗島事件」後2個多月，殷鑑不遠。當時「美麗島雜誌社」副總編輯謝三升先生曾示警作者：「你是國民黨最理想的兇手」。

十一，行正心堅：「未做虧心事，不怕半夜鬼敲門」，自覺行得正，內心堅定如常，每天照常上下班。

十二，又奈何：身處威權體制、白色恐怖大環境下，雖然行正心堅，但是蔣氏政權如果蓄意製造冤獄，身無寸鐵的異議人士又能奈何？

十三，奐均：林義雄先生的長女。

十四，醫護順：形容搶救及時，醫治順利。

十五，本尊：指奐均。

十六，難訛：訛，欺騙。

詩題解析

本詩為作者於2023年2月28日前夕，感嘆1980年作者自身被警調偵訊數十次及傳播媒體惡意影射為林宅血案兇手，蒙受冤屈的心境。

詩文解譯

戒嚴時期的在野異議人士經常遭遇許多無法意料的打擊與波折，在蔣介石、蔣經國的威權統治之下，政治冤獄特別多。

白色恐怖時期，在野人士一經被警總或調查局鎖定，展開偵訊，就注定已經成為統治者掌中的獵獲物；而當傳播媒體影射我是林宅血案嫌疑犯，我也就認知到，他們已經暗藏著以司法為武器的政治迫害計畫了！

林宅血案發生後，在肅殺的環境下，看草動知風吹，當我開始被警調密集偵訊，並看到傳媒報導，就知道自己身陷險境，因為他們的背後一定有人授意。雖然被偵訊數十次，但是我照常上下班，內心平靜如常。因為我早就覺悟在專制獨裁政權統治下，如果他們決定栽贓，我除了坦然面對外別無他法！

不幸中的大幸，林義雄先生的女兒奐均，經及時搶救後恢復健康，傳媒誣指我為兇手之說不攻自破，社會大眾自然也不會再受欺騙，我也幸運地逃過一劫！

中華日報

警備總部懸賞二百萬元
緝捕林義雄家命案兇手

林義雄家發生不幸
總統表示震驚關切

偵訊林義雄家兇案
專案小組展開工作

林家命案調查尚稱順利
治安當局具有破案信心
希望被害人家屬能盡力合作

華航失事客機乘客
林文秀昨去世

警方今晨公布
初步偵查報告
判斷兇手只有一人

林義雄昨探視
受傷長女奐均

昨又有十六人
移北檢處法辦

保障自由傳教

高雄暴力事件
絕非官民衝突

兩百餘人溺斃

都說對方主動

總務主任課員
分別判處重刑

三月份前半月
三次冷鋒過境

本報啟事

日漁民對海豚展開屠殺

林宅血案震驚社會之相關報導。（資料來源：《中華日報》1980年3月1日第3版）

林家命案特定對象之一
所謂高高瘦瘦青年
曾追過林義雄之妹
是否即此人警方正查證

宜蘭警方昨日查訪
可疑高高瘦瘦人物
春節期間活躍到處拜訪
並與加伯艾琳達等熟識

左：游錫堃被影射為林宅血案嫌疑人之相關報導。（資料來源：《中華日報》1980年3月5日第3版）

下：游錫堃被影射為林宅血案嫌疑人之相關報導。（資料來源：《中華日報》1980年3月4日第3版）

註解

1 詳見：中央社，〈雷震案終於獲平反　總統指示為雷震平反〉，2002年9月4日，https://news.cts.com.tw/cts/general/200209/200209040087913.html

2 詳見：中央社，〈促轉會再撤銷2千人有罪判決　呂秀蓮陳菊雷震在列〉，2019年5月30日，https://www.cna.com.tw/news/firstnews/201905305004.aspx

3 詳見：中央社，〈美麗島事件被告全獲平反　施明德林義雄罪名撤銷〉，2022年5月23日，https://www.cna.com.tw/news/aipl/202205230243.aspx

4 詳見：行政院第3049次院會決議，2007年7月11日。

5 〈宜蘭警方昨日查訪可疑高高瘦瘦人物〉，《中華日報》，1980年3月4日，版3。

6 〈林奐均告康寧祥和司馬文武　兇手是來過我們家的叔叔〉，《中國時報》，1980年2月29日，版3。

㊼悼江南

柏楊（1984年）*

槍聲三響撼金山，
我來灣北哭江南。
陡覺渾身如潑水，
頓驚亡友已入罈。
骨灰盈掬枉成淚，
音容仍在化作煙。
香火兩枝獻靈上，
癡望歸魂立窗前。
書生愛國非易事，
舉筆方知人世艱。

身陷誅殺皆不曉，
恩怨親仇都茫然。
昔日曾蒙伸援手，
而今愧難報如泉。
從此永訣幽冥道，
悲君自悲揚孤帆。

臺語吟唱

客語吟唱

作者

柏楊（1920-2008），本名郭定生，1944年改名郭衣洞，河南開封人。1938年加入國民黨，1949年來臺，曾任《自立晚報》副總編輯，1968年因為一篇翻譯的漫畫遭蔣氏政權以「打擊國家領導中心」罪名判刑10年，監禁於綠島（火燒島），於1977年4月出獄。柏楊在「文字獄」後投身演講與寫作，出版《柏楊版資治通鑑》等著作。曾任總統府國策顧問。

注釋

一，槍響三聲：殺手對江南開了三槍致命。
二，撼：撼動，震撼。
三，金山：美國舊金山，原稱金山。江南案的發生地。
四，灣北：舊金山灣的北方。
五，陡：突然、驟然。
六，潑水：潑出去的水，無法收回，用來比喻已經成為事實，無法再更改。
七，頓：立刻、突然。
八，罈：瓦製的容器。在此指骨灰罈。
九，盈掬：掬，用兩手捧起。盈掬，一滿把。
十，誅殺：殺戮。
十一，報如泉：滴水之恩，當湧泉相報。
十二，永訣：訣，死別。永訣，永別，今生無法再見面。
十三，幽冥：陰間、地獄。

詩題解析

1984年9月，柏楊應邀到美國愛荷華大學演講，怎料一個月之後，在舊金山卻發生了江南案。柏楊返臺途中特地繞道舊金山，向江南遺孀崔蓉芝致哀，並寫此詩悼念亡友江南。柏楊感嘆：「文化人最大的錯誤，就是高估暴君贓官們的智慧，認為他們會做某些事，或不會做某些事。」[1]

詩文解譯

暗殺江南的殺手開了三槍，槍聲不只響徹雲霄，也撼動了美國舊金山。我特別來到北舊金山灣，悲泣地哭悼我亡故的朋友江南。我感覺全身上下都像被潑了水一樣，因為頓然震驚地覺悟到，這一切都已經成為事實，身亡的好友此時已化為罈裡的骨灰。

宛如捧著一整把的骨灰，江南的枉死使我淚泣，好友的面容與聲音彷彿依然存在，卻已化成一縷輕煙。我焚香兩支敬拜靈前，凝視窗前，癡心盼望江南的魂魄能現身。

置身白色恐怖罩頂的時代，讀書人要能真正的愛國，實在不是一件容易的事，尤其提起筆來寫文章之際，就會知道要拿捏各種分寸而不得罪執政當局，是多麼困難的事情。江南渾然不知自己被蔣氏政權鎖定為滅口的目標，如今被狙殺了，以往曾經有過恩怨、親近和仇恨的人，聽聞此事也感到茫然不已。

我過去曾經受惠於好友江南的幫助，卻未及還清恩情，至今深感慚愧。你已經去了陰間，你我就此永別；只剩下悲傷的我，一如汪洋大海中航行，那形單影隻的一片孤帆。

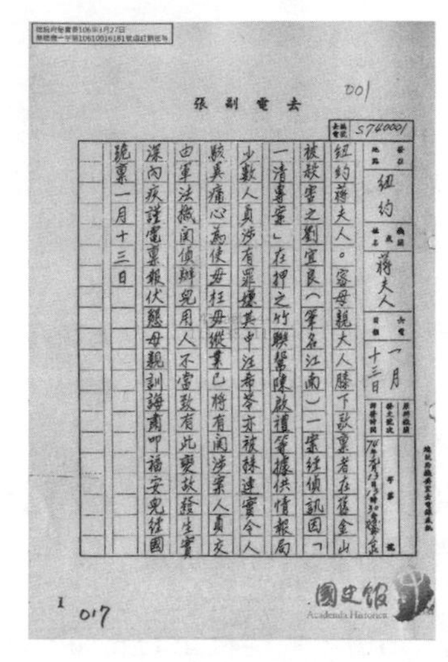

去電副張

紐約蔣夫人。密母親大人膝下跪稟者在舊金山
被殺害之劉宜良（筆名江南）一案經偵訊國「
一清專案」在押之竹聯幫陳啟禮等據供情報局
少數人員涉有罪嫌其中汪希苓亦被牽連實令人
駭異痛心為使毋枉毋縱業已將有關涉案人員交
由軍法機關偵辦兒用人不當致有此變故發生實
深內疚謹電稟報伏懇母親訓誨責罰叩福安兒經國
跪稟一月十三日

江南案遭美國破案後，蔣經國拍電報給蔣宋美齡承認用人不當。（資料來源：國史館提供）

江南

江南（1932-1984），本名劉宜良，江蘇靖江人。1949年隨國民政府來臺，1954年政工幹部學校（今國防大學政治作戰學院）肄業，從事新聞記者工作。1970年以蔣經國為碩士論文主題於美國獲碩士學位。由於長期撰寫蔣介石與蔣經國家族相關報導，遭中華民國國防部情報局鎖定並授意黑道於1984年加以狙殺，經美國聯邦調查局破案，史稱「江南案」。此事印證蔣氏政權惡劣的人權紀錄，導致美國政府向蔣經國施壓，亦引起當年社會對林宅血案、陳文成命案遲遲無法破案的聯想，是蔣經國晚年施政被迫走向開放的原因之一。

註解

* 本詩為古體詩。收於：柏楊口述，周碧瑟執筆，《柏楊回憶錄》（臺北：遠流，1996年），頁379。

1 柏楊口述，周碧瑟執筆，《柏楊回憶錄》（臺北：遠流，1996年），頁379。

政治結社之路

百年來，臺灣人政治結社之路坎坷艱辛。以遭受統治者打壓的角度觀之，有五大政治結社。1923年「臺議盟」在東京報備獲准，是第一個政治結社。1927年「臺灣民眾黨」成立，是第二個政治結社。終戰後，臺民有意恢復臺灣民眾黨，遭陳儀政府施壓，被迫於1946年成立「臺灣省政治建設協會」（簡稱「臺建協」），但1947年遭陳儀政府屠殺解散。1960年雷震籌組「中國民主黨」被捕，組黨胎死腹中。1979年美麗島雜誌社主要幹部遭羅織罪名入獄，刑期合計逾210年。6年後，「1986黨外選舉後援會」在圓山飯店宣布組成「民主進步黨」，是戰後亞洲暨臺灣第一個民主反對黨，蔣氏政權被迫宣布朝向開放組黨、解除戒嚴，於是臺灣人歷經一甲子奮鬥的組黨夢想終於實現。

民主進步黨是戰後臺灣組成的第一個現代化民主政黨，圖為1986年11月10日民進黨第一次全代會，主持人為終身職立委費希平。（資料來源：邱萬興先生提供）

㊽蘭城懷古

游錫堃（2023年）*

邀賢結社議期盟，
總督專權禁令橫，
轉進東京官署准，
回歸臺北府衙征。
會員壯氣迎枷鎖，
幹部雍容入獄棚，
蔣石雙雄生僻遠，
蘭城底事出豪英？

臺語吟唱

客語吟唱

作者

游錫堃（1948-），宜蘭人，仰山文教基金會創辦人。出身農夫、勞工。曾任臺灣省議員、1986年圓山組黨大會（「1986黨外選舉後援會」）主席、宜蘭縣長、國立臺北藝術大學傳統藝術研究所兼任教授、行政院長、民進黨黨主席、立法院長、臺灣民主基金會董事長。

注釋

一，邀賢[1]：指蔣渭水、石煥長等人發起，召集當時關心政治的賢能之士。

二，結社：指政治結社。

三，議期盟：指1923年組織的「臺灣議會期成同盟會」，係臺灣史上第一個合法的政治結社。

四，總督：日治時期的臺灣總督。

五，專權：指專制威權。當時總督一個人獨掌權力，獨裁，不民主。

六，禁令橫：禁令，禁止結社的行政命令。橫，橫阻，不使通過。

七，轉進：轉換行進方向。

八，東京：日本帝國首都。

九，官署准：指「臺灣議會期成同盟會」1923年2月16日在東京都早稻田區警察署報備獲准。

十，臺北：日治時期臺灣總督府所在地。

十一，府衙征：府衙，指日本帝國臺灣總都府及其所屬公權力機構。「征」有強取、爭奪、討伐之意。1923年被臺灣總督府政治迫害，含搜索、傳訊、偵查、起訴、判刑合計達99人之多，史稱「治警事件」。

十二，壯氣：雄壯的氣概。引自「治警事件」受刑人蔡惠如〈意難忘〉，詞中有「牽愁離故里，『壯氣』入樊籠」等語。

十三，枷鎖：套在犯人脖子或拴在腳踝上的刑具，亦比喻束縛、壓迫之意。

十四，雍容：溫和莊重、從容不迫的樣子。引自「治警事件」受刑人蔡惠如〈意難忘〉，詞中有「居虎口，自『雍容』。」。

十五，入獄棚：被判刑入獄的意思。

十六，蔣石雙雄：指蔣渭水及石煥長兩位反殖民、爭自治的英雄。

十七，僻遠：偏僻荒遠之意。

十八，蘭城：宜蘭舊城，在現在的宜蘭市內。

十九，底事：何故。

二十，豪英：豪傑英雄之意。

詩題解析

本詩為2023年1月16日，追思「臺灣議會期成同盟會」成立，剛好屆滿100周年有感而發所作。

詩文解譯

1923年，蔣渭水、石煥長等人發起，邀集眾多臺灣賢能志士進行政治結社，組織「臺灣議會期成同盟會」，向臺灣總督府依法報備；未料臺灣總督獨裁專制，頒布禁止命令，橫阻結社。

蔣渭水等先賢改變推動方式，轉向日本帝國東京都的早稻田區警察署報備獲准，未料回到臺北之後，臺灣總督府竟以違反「治安警察法」為由，指派檢察官進行偵訊、搜索、拘禁、起訴、判刑等政治迫害。

「臺灣議會期成同盟會」的成員，個個以雄壯的氣概迎接政治迫害，幹部也溫和莊重、從容不迫的入監服刑。

帶頭發起領導的蔣渭水、石煥長出生的宜蘭舊城，地處偏僻荒遠、交通不便，為何會出現這樣傑出的英雄豪傑呢？

石煥長（二排右三）與蔣渭水（末排右一）是臺灣史上第一次政治結社的負責人與領導人。攝於1924年8月治警事件第一審公判後。（資料來源：蔣渭水文化基金會提供）

註解

* 首刊於游錫堃編著，《臺灣民主蘭城尋蹤》，（宜蘭縣：仰山文教基金會，2023年），頁15。原詩之詩題為〈臺灣議會期成同盟會百周年〉，本書收錄時更名為〈蘭城懷古〉。

1 詳見：陳翠蓮，《自治之夢：日治時期到二二八的臺灣民主運動》，（臺北：春山，2020年），頁115。

㊾閳雷儆寰事急投于右老

周棄子（1960年）*

「

橫議從來在草茅，

誰教鉛槧得名高，

釜中豆為同根泣，

天外羅難一目逃。

盛世定無鉤黨禍，

清流曾有敢言褒，

太平儻要祥和啟，

萬一群公善補牢。

」

臺語吟唱

客語吟唱

作者

周棄子（1912-1984），名學藩，字棄子，別署藥廬，亦署未埋庵，湖北大冶人。自幼聰穎而博覽國學大師楊守敬的典藏，尤愛韻語，詩文造詣皆根源於此。[1]畢業於湖北省立國學專修學校。綜其50年公職之經歷，自州縣而達廟堂，但多為文職虛銜，無法展現抱負。其作品文類為詩及散文，彭歌曾評其詩「沉哀峭奇中總有一分惘惘不甘之氣」[2]。其文采深受眾人推崇，有臺灣「首席詩人」之美譽。素懷古文人風範，僅自編《未埋庵短書》散文集留世，後由其友人整理成《周棄子先生集》。遷臺後，其文風除懷親思鄉外，亦常含宣揚正統及保國、保天下之論。[3]此外，對政府箝制言論自由也做出批判，更曾為《自由中國》雜誌撰稿。

《自由中國》雜誌社創辦人雷震因組織中國民主黨，被國民黨羅織罪名入獄十年。（資料來源：張富忠先生提供）

注釋

一，橫議：恣意議論、議論政治。
二，草茅：草野、民間。多與「朝廷」相對。
三，鉛槧：鉛，鉛筆。槧，古時書寫的木板。寫作、文章典籍。
四，釜：古代的一種烹飪器具。即今之鐵鍋。
五，天外羅：像天一般的羅網，指白色恐怖。
六，一目：羅網的一孔。典出《淮南子・說山》：「有鳥將來，張羅而待之，得鳥者，羅之一目。」
七，鉤：牽連。
八，黨禍：指因黨爭而起的禍難。
九，清流：德行高潔而有名望之人。
十，儻：如果、倘若。同「倘」。
十一，補牢：亡羊補牢，丟失了羊，就趕快修補羊圈，還不算晚。指犯錯後及時改正，還能補救過錯。

詩題解析

周棄子聽聞雷震遭臺灣警備總部拘捕，趕忙請時任監察院長的于右任出手幫忙，試圖拯救雷震免於囹圄。

詩文解譯

自古以來，議論政治的習慣就存在於民間，只因為《自由中國》雜誌是名望突出的政論刊物就被羅織罪名。

同胞們本是同根同源，有人受煎熬也會本能地為對方悲泣，但是現在白色恐怖有如天一般的網子，卻難對雷震網開一面。

安定興盛的時代，一定不會因政治結社而牽連獲罪，但是現在連德行高超的雷震先生，卻沒有人敢出來替他說幾句好話！

若要開啟祥和的民主自由太平世界，如有萬一，盼望各位大人一定要亡羊補牢，挽救雷震的性命。

雷震（1897-1979），字儆寰，浙江長興人，畢業於京都大學大學部。學成後，歷任蔣氏政權黨政要職。[4]1949年創辦《自由中國》半月刊，倡議民主反共，獲當局認可。後因對民主自由制度的追求，與蔣氏政權漸行漸遠。1956年推出「祝壽專號」、1957年提出「今日之問題」系列社論，與殷海光等一同對時政做全面的檢討與批判，也與蔣氏政權正式決裂。1960年蔣氏政權主導修法，解套總統只能連任一次的規定。對此，雷震及《自由中國》呼應海內外反對蔣介石破壞憲政體制。6月，更與多位臺籍政治人物如李萬居、高玉樹、吳三連、郭雨新等籌組中國民主黨，成為整合外省與本省民主人士的橋樑。9月遭警備總部拘捕，雷震被依「知匪不報」、「為匪宣傳」遭軍法判處10年有期徒刑，《自由中國》也隨之停刊。雷震作為民主運動的實踐者，雖因言獲罪，但其對臺灣民主發展與政治改革的推動，也深深的影響著臺灣的民主發展。如今再看其出獄後仍不畏迫害，勇於提出的〈救亡圖存獻議〉，亦可見其當時的高瞻遠矚。[5]2002年雷震獲得平反，[6]2019年再獲撤銷有罪判決。[7]

于右任

于右任（1879-1964），原名伯循，字右任，以字行，別署髯心、髯翁，晚年自號太平老人，時人多稱其于老，陝西三原人。曾任臨時政府交通部次長、駐陝總司令，於1931年任監察院長，1949年隨政府遷臺，續任監察院院長直至去世。于右任為清代舉人出身，終其一生皆任居高位，並視治學育人為己任，興學辦報，籌備復旦公學、中國公學等，並先後創辦《神州日報》、《民呼日報》、《民籲日報》、《民立報》等，[8]以啟迪民智。

文藝方面，于右任先生功於書法，創編《標準草書》，整理歷代草書，纂有《標準草書草聖千文》，推廣草書不遺於力。其於詩作上亦有建樹，終其一生作詩、詞、曲近700首，富含民族意識，有《右任詩存》、《于右任詩詞集》、《于右任先生詩文選集》等留世。

註解

* 出自：周學藩著，汪茂榮點校：《周棄子先生集》（合肥：黃山書社，2009年），頁56。
1 引自：國史館，〈周棄子先生事略〉，《國史館現藏民國人物傳記史料彙編》第四輯，（臺北：國史館，1990年6月1日），頁152-154。
2 引自：吳興文，〈風流絕豔周夫子〉，《國文天地》期343（臺北：萬卷樓圖書，2013年12月），頁8。
3 引自：李知灝，〈戰後渡臺文人周棄子的遺民想像與文化思維〉，《淡江中文學報》期39（新北：淡江大學中國文學系，2018年12月），頁241。
4 引自：《雷震傳略》（臺北：雷震紀念館暨雷震研究中心）https://leichencenter.nccu.edu.tw/pages1.php?sn=4。
5 詳見：李筱峰，〈雷震與臺灣民主運動〉，吳三連臺灣史料基金會。http://www.twcenter.org.tw/thematic_series/history_class/history03
6 詳見：中央社，〈雷震案終於獲平反　總統指示為雷震平反〉，2002年9月4日，https://news.cts.com.tw/cts/general/200209/200209040087913.html
7 詳見：中央社，〈促轉會再撤銷2千人有罪判決　呂秀蓮陳菊雷震在列〉，2019年5月30日，https://www.cna.com.tw/news/firstnews/201905305004.aspx
8 詳見：教育百科，〈于右任〉：https://pedia.cloud.edu.tw/Entry/Detail/?title=%E4%BA%8E%E5%8F%B3%E4%BB%BB&search=%E4%BA%8E%E5%8F%B3%E4%BB%BB

㊿ 未題

（七律三首　其一、其二）

周定山（1972年）*

毀盡新苗噬及根，
荒林滿地剩遊魂，
偏安史證天心棄，
正統民爭國脈存。
身葬高山窺大陸，
骨埋深海嗅中原，
始知革命狂號召，
革到無人我獨尊。

蒙塵南北涉重洋，
一角蠻山類落荒，
養豕消糧心早瘁，
殺雞取卵命難長。
死猶未願生猶苦，
逃則無方守則亡，
混世焉知叢萬惡，
斯民何罪痛遭殃。

臺語吟唱

客語吟唱

作者

周定山（1898-1975），本名火樹，字克亞，號一吼，又號公望、銕魂、化民、悔名生，鹿港人。出身貧寒，對社會底層充滿了同情與關懷。

對漢學極有熱忱，常趁課餘、公餘自我學習，奠定其堅實的漢學基礎。專長詩、文、小說，又以詩著稱。戰前彙集其所著作，編有《一吼劫前集》，與賴和、葉榮鐘是莫逆之交，也是新文學的箇中能手。

戰後曾任職虎尾區民政課、臺灣省商業聯合會、省立臺中圖書館，二二八事件後，一度被捕審問，後無罪開釋。其後曾任臺北民政廳地方自治編目委員會委員，與北臺詩人們時有往來。1957年於鹿港成立「半閒吟社」，並於「泉郊會館」授漢文，晚年則於自宅作育英才，孜孜不倦，並彙集戰後創作，編有《一吼劫後集》。作品扎根於真實的生活，文筆犀利批判時局、反映社會現象，見證臺灣人民的生活原況。葉榮鐘曾稱許，「舊詩寫得最好的是陳虛谷，其次便是周定山。」[1]

注釋

一，新苗：1960年5月4日，雷震發表〈我們為什麼迫切需要一個強有力的反對黨〉，鼓吹成立反對黨參與選舉以制衡執政黨，其後與臺籍人士成立「中國民主黨」一事。

二，偏安：失去原有的統治地區而偏處苟安於部分領土。此指被中國共產黨驅逐到臺灣的蔣氏政權，如同喪家之犬苟安於臺灣一隅。

三，天心棄：被上天唾棄。

四，正統民爭國脈存：指1971年蔣介石政權的代表被逐出聯合國，友邦紛紛斷交，國際上益形孤立。國脈，國家的命脈。

五，身葬高山窺大陸：指于右任知道自己將不久於人世，在日記中寫下遺言：「我百年後願葬於玉山或阿里山樹木多的高處，可以時時望大陸。」

六，骨埋深海嗅中原：指吳稚暉心懷中國故土，臨終前囑咐海葬於金門海域。

七，革命：古時因天子受命於天，故朝代更替，君主易姓，皆稱為「革命」。或指人類發展過程中所發生的劇烈變化，也專指以武力或戰爭推翻既有政權，政治權力或體制結構發生根本性的改變，建立新的政治秩序。

八，蒙塵：蔣介石在中國失去政權，流亡出奔臺灣。

九，一角蠻山類落荒：指大陸全面淪陷，蔣氏政權落難至一隅之地的臺島。一角，物的一隅。類：如同。

十，養豕消糧心早瘁：坐困愁城，心力交瘁。豕：豬。

十一，殺雞取卵命難長：短視近利，恐難保命。

十二，叢：聚集。

詩題解析

周定山的漢詩常以批判的姿態，反映臺灣社會現象。〈未題〉三首展現當時本土知識份子對國共問題以及臺灣地位的看法。詩題「未題」，可能是礙於當時嚴格管制的政治氣氛，內心想法、感受隱晦難明，不便直言。[2]

詩文解譯[3]

摧毀新生的在野政治力量「中國民主黨」並連根拔除，政治荒林中僅剩下民主的遊魂。歷史上偏安的政權，無不在訴說著上天的遺棄，儘管時勢已非，蔣氏政權仍堅持自己是正統的政權，並試圖爭取中華民國的延續。

因此，于右任將遺體葬於高山，只求能遠望故國山河；吳稚暉水葬金門，無非是想親近逝去的中原大地。至此方知以國民革命為號召的結果，革命到最後，夥伴一一消失，蔣家就真的唯我獨尊了！

中國全面淪陷，蔣氏政權歷經南北奔逃，落難至一隅之地的臺島。雖然在臺稱霸，但已無法改變其落荒而逃的事實。人民坐困愁城，心力交瘁，蔣氏短視近利，政權必定難以長久。

雖然不願就此消滅，但其生存已經日益艱辛；意欲再逃也已無處可去，想要死守最後仍要面對滅亡。混亂的世界聚集了無數的醜惡，臺灣人民究竟犯了什麼罪，要遭受這麼多的苦難！

註解

* 此詩收於周定山《一吼劫後集．第三卷．壬子（1972）稿》。此詩寫雷震案。詳見：周定山作，余美玲主編，《周定山全集（一）》漢詩卷（下）（臺南：國立臺灣文學館，2021），頁181。
1 參見：臺灣歷史人物傳記資料庫，〈周定山〉：http://tbdb.ntnu.edu.tw/showBIO.jsp?id=6EB839FC-9D33-24E8-6043-6767CAD84D1E
2 詳見：周定山作，余美玲主編，《周定山全集（一）》漢詩卷（下）（臺南：國立臺灣文學館，2021年），導-28、29。
3 詳見：周定山作，余美玲主編，《周定山全集（一）》漢詩卷（下）（臺南：國立臺灣文學館，2021年），導-28、29。

㊿1 緬懷黨外之父

游錫堃（2022年）*

雷震牢災萬士驚，
雨新不屈續經營，
保身明哲紛紛退，
護道賢能步步阬。
薪盡火傳傳至理，
薯衰枝湠湠群英，
啟蒙世代千秋夢，
創黨圓山眾志成。

臺語吟唱

客語吟唱

作者

游錫堃（1948-），宜蘭人，仰山文教基金會創辦人。出身農夫、勞工。曾任臺灣省議員、1986年圓山組黨大會（「1986黨外選舉後援會」）主席、宜蘭縣長、國立臺北藝術大學傳統藝術研究所兼任教授、行政院長、民進黨黨主席、立法院長、臺灣民主基金會董事長。

注釋

一，雷震：字儆寰，是臺灣早期民主運動的代表人物之一。1960年籌組「中國民主黨」被蔣介石政府逮捕入獄，監禁10年。

二，牢災：指雷震被以「包庇匪諜、煽動叛亂」罪名逮捕入獄坐牢的災難。

三，萬士驚：眾多政壇人士感到震驚。萬，眾多之意。士，指政壇人士。驚，震驚。

四，雨新：郭雨新先生，字沖雲，擔任臺灣省議會議員24年，名列臺灣「省議會五虎將」。是1960年代臺灣反對陣營的最重要領導人。

五，不屈：威武不屈之意，指意志堅強。

六，續經營：在啟蒙世代及中國遷臺自由派人士基礎上，持續經營在野政治力量。

七，保身明哲：明哲保身之意。保身，指擇安去危，保全其身，遠離禍害。明哲，指明達事理，洞見時勢。

八，紛紛退：指許多參與「中國民主黨」組黨人士，因保護自身安全而退出政治圈，從商、隱居或選擇與蔣氏政權合作。退，退出。

九，護道：守護正道，在此指守護自由、民主、人權等普世價值。

十，賢能：有能力的賢才。

十一，阬：同「坑」，指地洞、洼池等。在此有不平或陷阱之意。1960-1970年代，郭雨新先生長年遭受情治單位的24小時監控。

十二，薪盡火傳：意指遭遇二二八事件屠殺及白色恐怖迫害，啟蒙世代的許多菁英就像柴草燃燒殆盡消失，而1950年代郭雨新等在野人士，就像火種一樣，把啟蒙世代的民主自由理念傳承下來，柴草燒盡時會保有熾熱灰燼，遇可燃物仍能起火。薪，柴草。傳，傳承。

十三，至理：至高無上的道理。在此指自由、民主、人權等普世價值。

十四，薯衰枝湠：番薯老化時，會冒出嫩芽長成枝葉蔓延、擴散。意指1970年代前後，郭雨新先生雖然逐漸年邁，但他傳承、啟發了很多優秀的在野人才散布於各地，這種現象就像薯衰枝湠一樣。取自1981年作者競選臺灣省議員標語「番薯不驚落土爛，只求枝葉代代傳（湠）」。薯，指番薯、地瓜。衰，老化。

十五，湠群英：意指郭雨新啟蒙了很多賢能志士，如美麗島事件軍法審判8位受刑人中，就有姚嘉文、林義雄、張俊宏、陳菊等4人被視為他的嫡系子弟兵，另有黃信介、康寧祥與圓山組黨多人及後來的新潮流系人士等受他的影響亦大。湠，蔓延、擴散之意。

十六，啟蒙世代：指日治時期，受1921年成立的「臺灣議會設置請願運動」、「臺灣文化協會」等啟蒙、影響的世代。

十七，千秋夢：指啟蒙世代菁英，追求臺灣自由民主大業的夢想。千秋，形容歲月長久。夢，指夢想、理想、願景。

十八，黨外：原指國民黨之外，後轉化成為1970至1980年代的反對陣營的通稱。

十九，創黨圓山：臺北圓山大飯店。此處指「1986黨外選舉後援會」為主的黨外人士在圓山大飯店組成臺灣戰後第一個現代化民主政黨。

二十，眾志成：意指薯衰枝淚後誕生的許多「黨外人士」，他們中的100多人眾志成城，在圓山大飯店衝破黨禁，組成民主進步黨。眾志，眾人的意志。成，完成之意。

詩題解析

本詩作於2022年8月2日，郭雨新先生冥誕。

詩文解譯

1960年雷震先生籌組「中國民主黨」，被蔣介石政府以「包庇匪諜、煽動叛亂」罪名逮捕入獄時，所有政壇人士都非常震驚；參與組黨七常委之一的郭雨新先生，則堅忍不拔、威武不屈，在啟蒙世代及遷臺自由派政治人士留下的基礎上，持續經營，保存在野力量。

參與組黨的許多明哲保身人士為了保護自身與家人安全，紛紛退出政壇；追求自由、民主普世價值及守護在野力量的郭雨新等賢能人士，則長年遭受情治單位監控，每一步都好像走在充滿坑洞與陷阱的道路上。

啟蒙世代菁英像薪材般被焚毀，他們的民主理念卻由郭雨新等人傳承下來；1970年代前後，郭雨新先生逐漸老邁，然而他所栽培、啟發的無數優秀青年人才，宛如番薯的枝葉旺盛蔓延，成為民進黨的前身「黨外」。

1921年起受「臺灣議會設置請願運動」、「臺灣文化協會」等啟蒙的臺灣菁英所追求的自由民主大業，「黨外」人士終於眾志成城，於1986年9月28日在圓山大飯店付諸行動，衝破黨禁，組成臺灣戰後第一個民主反對黨，完成了啟蒙世代菁英的夢想。

黨外祖師爺郭雨新，攝於1970年代。（資料來源：郭時南先生提供）

註解

* 首刊於游錫堃編著，《臺灣民主蘭城尋蹤》，（宜蘭縣：仰山文教基金會，2023年），頁73。

(52) 聞說

（七絕四首）

王天賞（約1980年底）*

豈真虎被犬羊欺，
保護安全責付誰。
鎮暴未能容逞暴，
說無還手亦神奇。

城門失火禍魚池，
黑犬偷饞白犬疑。
文弱秀才無寸鐵，
應知造反是愚癡。

百餘火炬成何事，
木棒幾枝打幾人。
騷動萬千無一死，
瘋狂衝突是何因。

四面鎖封路不通，
飛彈催淚亂蓬蓬。
可憐窮鼠咬貓似，
硬竄突圍作反攻。

臺語吟唱

客語吟唱

作者

王天賞（1903-1994），字奬卿、號高峰，高雄旗津人。祖上於明末隨鄭成功來臺居安平，後遷居高雄。王天賞自幼聰慧，畢業於打狗公學校後，師承秀才林介仁及宿儒陳梅峰、

王天賞先生肖像。（資料來源：王仁宏先生提供）

陳錫如，學習詩文經史，奠基其深厚的漢學根底。及長與詩友創設「旗津吟社」。[1]1922年加入蔣渭水創設之臺灣文化協會，鼓吹民族運動。擔任「高雄市會」議員時反對皇民化政策，遭特高警察列為抗日份子逮捕入獄，史稱「旗後事件」，下獄達1年之久，直至終戰後，期間積憤賦詩收於《幽窗吟草》。[2]

戰後1947年任國聲報社社長兼發行人，二二八事件爆發，又因報社報導而入獄66天，險遭枉死。王天賞在詩壇及教育、金融界皆有貢獻並享有盛名，創設高雄市書畫學會及詩人協會，著有《環翠樓文集》、《環翠樓詩草》、《環翠樓詩選注》等留世。

注釋

一，虎：指國民黨與軍警。

二，犬羊：指弱小民眾。

三，逞：放縱、縱容。

四，魚池：池魚之殃，無妄之災。

五，饞：貪吃。

六，黑狗偷吃，白狗受罪：臺語諺語，比喻揹黑鍋。

七，催淚：催淚彈，爆炸後能產生特殊氣體以刺激流淚不止的炮彈。

八，亂蓬蓬：蓬鬆、雜亂的樣子。

詩題解析

王天賞於1979年12月10日美麗島事件發生後，有感而發而作此詩。以聽聞傳言為題，對當時戒嚴體制下，言論自由的限制及媒體報導之客觀性與公平性提出質疑。

詩文解譯

如果說如虎般的軍警會受到弱小民眾欺負，那平常保護人民安全的責任要託付給誰？事件當天鎮暴的軍警無能，縱容某些人在群眾中逞暴，事後卻對外解釋軍警挨打無還手，這種說法也真是太奇怪了！

難道是軍警維護秩序無能，使參加集會遊行的民眾無端遭受災禍？不如說是軍警安排黑道分子混入群眾中製造暴力，嫁禍黨外人士，形成「黑犬偷吃白犬受罪」，還比較合理吧！不然那些手無寸鐵的文弱讀書人，難道會不知道暴力叛亂是最愚笨的作為嗎?

若說叛亂，遊行民眾拿一百多支火炬，能成什麼事？呈堂證供的幾支木棒，能有多大危害？數萬人騷動卻沒有一個人因此而致死，當局應該切實坦誠地說明群眾衝突的真正原因。

遊行的道路被四面封鎖，催淚瓦斯在封鎖區域內胡亂噴射。被圍困住的群眾，如同被貓逼入絕境的可憐老鼠，除了回頭反咬，強硬突圍外，又能怎麼辦？

註解

* 此詩收於：楊青矗，《臺詩三百首》，（高雄：敦理，2003年），頁314。

1 詳見：陳憲汎，〈澎湖古典詩研究〉（高雄市：國立中山大學博士論文，2012年2月），頁197。

2 詳見：許雪姬，〈去奴化、趨祖國化下的書寫──以戰後臺灣人物傳為例〉《師大臺灣史學報》期4（臺北市：國立師範大學臺史所，2011年9月），頁44。

❺❸ 美麗島事件感懷

游錫堃（2022年）*

人權維護利蒼生，
聖節高雄集會鳴，
論倡自由批獨斷，
言推民主反專橫。
外圍鎮暴重重壓，
內伏幽靈密密行，
逮捕刑求誣叛亂，
英雄受辱世留名。

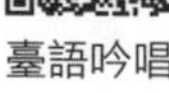
臺語吟唱

客語吟唱

作者

游錫堃（1948-），宜蘭人，仰山文教基金會創辦人。出身農夫、勞工。曾任臺灣省議員、1986年圓山組黨大會（「1986黨外選舉後援會」）主席、宜蘭縣長、國立臺北藝術大學傳統藝術研究所兼任教授、行政院長、民進黨黨主席、立法院長、臺灣民主基金會董事長。

注釋

一，人權：指人與生俱來的基本權利。

二，蒼生：百姓。

三，聖節：神聖的節日，此指「國際人權日」。1979年12月10日，「美麗島雜誌社」以此為名舉辦活動。

四，集會：聚集、遊行、演講。

五，鳴：發聲、表示。在此指1979年高雄的「國際人權日」遊行，「美麗島雜誌社」主要幹部公開演講、呼口號等。

六，論倡：論述及倡議。

七，批獨斷：批評蔣氏政權獨裁專斷，以動員戡亂臨時條款、萬年國會、戒嚴、黨禁、報禁等限制憲法賦予人民的基本人權。

八，言推：以言論促進推行。

九，反專橫：反對專制蠻橫的統治方式。

十，外圍：在外面包圍。

十一，鎮暴：以強勢武力來遏阻。在此為名詞，指鎮暴部隊。

十二，重重壓：指鎮暴部隊的隊形排列，由外向內縮束為多層次的壓迫。

十三，內伏：埋伏在內部的人。在此指情治單位安排在群眾裡面做內應的人。

十四，幽靈：幽魂、鬼魂。在此引申為不明身分的內應者。

十五，密密行：密密，暗中、緊密。在此指多而隱密的行動。

十六，誣叛亂：誣指違法叛亂。在此指蔣氏政權逮捕當天參與及未參與集會者施以刑求，誣陷他們叛亂並判處重刑。

十七，英雄：指美麗島大審的受刑人。

十八，受辱世留名：受到侮辱，但後來反而在歷史上留下好名聲。

詩題解析

作者曾任「美麗島雜誌社」宜蘭分社籌備處主任。本詩為作者於2022年回憶1979年美麗島事件之作。

1979年12月10日「國際人權日」，以黃信介為首的「美麗島雜誌社」於高雄舉辦演講與遊行，遭蔣經國政權羅織罪名逮捕。相關人士中有8人送軍法審判，43人移送司法偵查。此一由政府炮製的叛亂案，判決結果刑期合計超過220年[1]。被告後來分別於不同時期獲得平反，至2022年5月23日，「美麗島事件」案的有罪判決，全部獲得平反。

詩文解譯

人權是人類與生俱來的基本權利。維護人權可以利益蒼生百姓，所以1979年「美麗島雜誌社」領導幹部選擇在「國際人權日」這個神聖的節日，在高雄舉辦集會遊行及演講。

演講會上論述及倡議自由民主的真諦，批評蔣氏政權以動員戡亂、萬年國會、黨禁、報禁等手段，限制憲法賦予人民的基本權利。演講者闡述民主政治的可貴，反對專制蠻橫的政權。

演講會場外面，忽然被鎮暴部隊多層次的包圍和壓迫；會場裡面則有不明人士偷偷摸摸的混進群眾之中作為內應，製造事端。

當局以民眾暴動為藉口，逮捕參與及未參與的集會人士，並加以刑求，誣指違法叛亂而判處重刑，結果反而使美麗島受刑人成為人民心目中的英雄；受難者當年雖然受到很大的侮辱，但日後反而成為反專制、爭民主的人權鬥士而名留青史。

1979年8月美麗島雜誌社成員合影。（資料來源：張榮華先生提供）

註解

* 首刊於：游錫堃，〈勇敢衝撞威權的臺灣之聲〉，收於邱垂貞著，《衝破戒嚴時代的民謠歌手：邱垂貞》（新北市：小雅文創，2022年），立法院長序頁。

1 呂秀蓮，《重審美麗島》（臺北市：前衛，1997年），頁467-522。

54 懷舊

游錫堃（2020年）*

創黨風馳卅四秋，
凋零近半惹心憂。
功成身退誰人問？
慶幸當年壯志酬。

臺語吟唱

客語吟唱

作者

游錫堃（1948-），宜蘭人，仰山文教基金會創辦人。出身農夫、勞工。曾任臺灣省議員、1986年圓山組黨大會（「1986黨外選舉後援會」）主席、宜蘭縣長、國立臺北藝術大學傳統藝術研究所兼任教授、行政院長、民進黨黨主席、立法院長、臺灣民主基金會董事長。

注釋

一，創黨：創立民主進步黨。1986年9月28日，「1986黨外選舉後援會」於「圓山大飯店」集會時突襲式的宣布成立，一舉衝破蔣氏政權之黨禁，迫使蔣經國於10天後宣布臺灣決定朝向開放黨禁、解除戒嚴。

二，風馳：形容速度像風一樣迅疾。

三，卅四秋：長達34年。

四，凋零：衰敗、凋落之意。在此指當初獻身黨外、追求民主，參與「圓山組黨」、衝破黨禁的100多位同志，歷經34年無情歲月淘洗，有機會活躍政壇者不多，許多人過世、生病，有人甚而失業、窮愁潦倒。

五，惹心憂：感到憂心。當年冒險參與組黨的100多人，有些人生活困頓無著，鮮有人關懷，令人感到憂心。

六，功成：指衝破黨禁，成功組成臺灣史上第一個現代化的民主政黨。

七，誰人問：有誰聞問？《道德經》：「功成事遂，百姓皆謂我自然」。1986年戒嚴統治下，冒著風險參與組黨的志士，有一些人的晚年生活困頓，但是並未有人聞問。

八，壯志酬：指黨外人士們立志組織一個新黨，促進臺灣實施政黨政治的偉大志願終於實現。酬，實現。

詩題解析

本詩為作者於2020年9月28日前夕，看到參與圓山組黨的100多位同志，經過34年無情歲月淘洗後，能活躍政壇者不多，而其中又有多人過世、罹病，甚至有人失業、生活潦倒困頓，心生感慨而賦詩。

詩文解譯

時間過得真快，1986年在「圓山大飯店」創立「民主進步黨」、衝破黨禁，轉眼已經過了34年了！

看到當年在威權統治下一起冒險參與組黨的100多位創黨志士，如今半數身衰體弱、生活潦倒或過世，感到很憂心。

古云：「功成事遂，百姓皆謂我自然」。當年他們在戒嚴體制下成功衝破黨禁，間接促進臺灣民主化，但是在民進黨執政後，他們的生活處境有人會關心嗎？

值得慶幸的是，在戒嚴統治之下，黨外人士們立志為臺灣人組織一個新黨，以促進臺灣民主化的偉大志向已經實現。

1986年9月28日有135位黨外人士齊聚臺北圓山飯店組黨。（資料來源：張芳聞先生提供）

註解

* 首刊於游錫堃自述，〈2020年圓山組黨34週年聚首致詞文：向民進黨助產士致敬〉，收錄於王曉玟，《衝破黨禁1986——民進黨創黨關鍵十日紀實》（臺北：圓神，2021年9月），頁315，原詩題為〈庚子年緬懷圓山創黨人〉，本書更改題名為〈懷舊〉。

(55) 威權體破自由生

游錫堃（2021年）*

戡亂時期白恐橫，
儆寰組黨入牢棚，
明修棧道公編倡，
暗度陳倉援會成。
逼蔣解嚴民主立，
威權體破自由生，
力行雪谷沖雲志，
進步臺灣國際萌。

臺語吟唱　客語吟唱

作者

游錫堃（1948-），宜蘭人，仰山文教基金會創辦人。出身農夫、勞工。曾任臺灣省議員、1986年圓山組黨大會（「1986黨外選舉後援會」）主席、宜蘭縣長、國立臺北藝術大學傳統藝術研究所兼任教授、行政院長、民進黨黨主席、立法院長、臺灣民主基金會董事長。

注釋

一，戡亂：指蔣介石違憲擴權，以「動員戡亂時期」為名統治臺灣的時期。

二，白恐：指白色恐怖。

三，儆寰：雷震，字儆寰，於1960年結合臺灣菁英籌組「中國民主黨」，被蔣介石政府以「包庇匪諜、煽動叛亂」罪名逮捕，判刑10年。

四，組黨：組織政黨。

五，牢棚：囚禁罪犯的地方。

六，明修棧道，暗度陳倉：比喻以明顯的行動誤導敵人，轉移其注意力，暗中設法實現自己設定的目的。

七，公編倡：指1986年，「黨外公共政策研究會」（簡稱「公政會」）與「黨外作家編輯聯誼會」（簡稱「編聯會」）分別研擬黨綱、黨章，並聯合舉辦「組黨說明會」，公開積極倡議組織新政黨，宛如「明修棧道」誤導蔣氏政權的判斷與認知。公，指「公政會」。編，指「編聯會」。

八，援會成：指「1986黨外選舉後援會」（簡稱「後援會」）成功促成「民主進步黨」組黨工作。「後援會」

成立於1986年8月24日，主張1986年「選前組黨」。成立後即積極展開秘密籌備但對外守口如瓶，直至9月27日下午召開「組黨預備會議」，才告知少數核心成員，終於在次日促成「民主進步黨」成功組黨。

九，逼蔣解嚴：1986年9月28日民進黨宣布成立，蔣經國措手不及，被形勢所逼在10月7日正式宣布朝向解嚴及開放黨禁。後於1987年7月15日正式解除戒嚴。

十，體破：指威權體制被衝破。

十一，雪谷：蔣渭水，字雪谷。宜蘭人。日治時期的文化抗日先驅，創立「臺灣文化協會」及「臺灣民眾黨」，也是新文化運動的領航者，啟蒙無數民主菁英。

十二，沖雲：郭雨新，字沖雲。宜蘭人。是1960年雷震組「中國民主黨」的七位常委之一。曾任臺灣省議員，名列「五龍一鳳」。臺灣民主化之後被稱為「黨外祖師爺」。

十三，萌：進步、亮麗之意。

詩題解析

本詩作於圓山組黨卅五周年，回憶民主進步黨組黨及臺灣民主化的過程。

詩文解譯

在兩蔣威權統治下的動員戡亂時期，到處都是粗暴、蠻橫的白色恐怖冤案，例如1960年雷震籌組「中國民主黨」就被羅織罪名判刑入獄10年。

「黨外公政會」和「黨外編聯會」經常在各地公開倡議組織新黨，就像是明修棧道一樣，誤導了蔣氏政權防範組黨的注意力，而「1986黨外選舉後援會」則私下採取暗度陳倉的行動，秘密籌備並在1986年9月28日突然一舉宣布成立「民主進步黨」，成功地在戒嚴時期衝破黨禁。

「民主進步黨」突襲式宣布成立，立即逼使蔣經國不得不在10月7日，透過國外媒體《華盛頓郵報》專訪宣布，決定於次年解除當時全球實施最長久的戒嚴令，使威權政治體制產生破口，而開啟了走向政治改革開放的道路。

因為「黨外人士」及其後的「民主進步黨」積極實踐蔣渭水與郭雨新等先賢追求民主自由的主張與抱負，現在，民主自由進步的臺灣，已經在國際發光發熱，表現亮麗，被譽為國際民主典範。

1986年9月28日，黨外選舉後援會召集人游錫堃主持第三次會員大會，利用此一機會突襲組黨。（資料來源：張芳聞先生提供）

註解

* 首刊於游錫堃自述，〈威權體破自由生〉，收錄於王曉玟，《衝破黨禁1986——民進黨創黨關鍵十日紀實》（臺北：圓神，2021年9月），頁184，原詩題為〈詠民主進步黨圓山組黨卅五周年〉、後於游錫堃編著之《台灣漢詩吟唱參考教材》更改題名為〈詠圓山組黨卅五周年〉，此次刊行再更名為〈威權體破自由生〉。

56 西後街沉思

游錫堃（2022年）*

文魁武將北門居，
蔣石承薰反殖欺。
若缺雨新搏黨外，
戒嚴衝破復何時？

臺語吟唱

客語吟唱

作者

游錫堃（1948-），宜蘭人，仰山文教基金會創辦人。出身農夫、勞工。曾任臺灣省議員、1986年圓山組黨大會（「1986黨外選舉後援會」）主席、宜蘭縣長、國立臺北藝術大學傳統藝術研究所兼任教授、行政院長、民進黨黨主席、立法院長、臺灣民主基金會董事長。

注釋

一，西後街：宜蘭市城隍廟右邊、南北向的街道。根據考據，郭雨新先生出生的地方就在西後街的116號。

二，文魁：指臺灣府進士楊士芳，是宜蘭縣唯一土生土長的進士，故被稱「開蘭進士」。

三，武將：指臺灣「抗日三猛」之首，簡大獅。簡氏出生宜蘭市崁興里，1900年3月29日被殖民政府絞刑而從容就義。就義後，被中國人視為民族英雄。

四，北門居：故居在宜蘭市的北門。

五，蔣石：指蔣渭水、蔣渭川與石煥長。

六，承薰：承受薰陶。

七，反殖：反抗日本政府殖民統治。

八，雨新：郭雨新先生。

九，摶：把東西捏聚成團。

十，黨外：臺灣1970-1980年代的主要在野勢力總稱，為1986年的「民主進步黨」前身。

十一，戒嚴：指兩蔣統治臺灣所實施的38年戒嚴軍事統治。

十二，衝破：未經統治者許可就宣布，迫使蔣經國不得不決定解除戒嚴。

十三，復何時：不知道甚麼時候？

詩題解析

本詩為作者參觀位於宜蘭城隍廟後方，宜蘭市西後街116號的郭雨新先生故居，憶起兩蔣威權統治時期，郭雨新先生在雷震組黨失敗後，威武不屈繼續領導在野陣營監督蔣氏政權，畢生為臺灣民主自由奮鬥的偉大貢獻而寫下。

郭雨新先生肖像。攝於1931畢業於宜蘭農林學校。（資料來源：《昭和6年3月臺北州立宜蘭農林學校第一回卒業紀念》）

詩文解譯

宜蘭士林領袖臺灣府進士楊士芳及臺灣武裝抗日英雄，名列「抗日三猛」之首的簡大獅，故居都在宜蘭市的北門附近。同樣出生於北門口附近的蔣渭水、蔣渭川兄弟與石煥長先生，從小就受到他們兩個人反抗異族統治的薰陶，長大之後，反抗日本殖民統治不遺餘力。

但是若沒有同樣出生在北門口附近的郭雨新先生堅忍奮鬥、威武不屈的傳承經營，在國民黨之外摶聚出一股「黨外」力量，臺灣要衝破兩蔣戒嚴統治下的黨禁政策，就不知道要等到什麼時候了？

註解

* 首刊於游錫堃編著，《臺灣民主蘭城尋蹤》（宜蘭縣：仰山文教基金會，2023年），頁87。原詩題名為〈參觀郭雨新先生故居有感〉，本書收錄時更名為〈故居沉思〉。

臺灣主體認同

「臺灣，是臺灣人的臺灣」，這是民主啟蒙運動先賢喊出的殖民統治下臺灣人嚮往出頭天的心聲。然而，戰後初期「二二八事件」與「白色恐怖」使臺民噤聲，1980年代，一系列的爭民主、爭自由、環境保護、社會與人權運動，厚植了土地認同與人民作主的力量。終於，黨外人士在1986年組成「民主進步黨」，政黨政治破繭而出，其後李登輝政權結合朝野力量推動開放，成功完成寧靜革命，認同臺灣的比例也逐年上升。[*]近年來臺灣的民主自由普獲肯定，不但成為華文圈的民主燈塔，也被喻為國際民主典範。

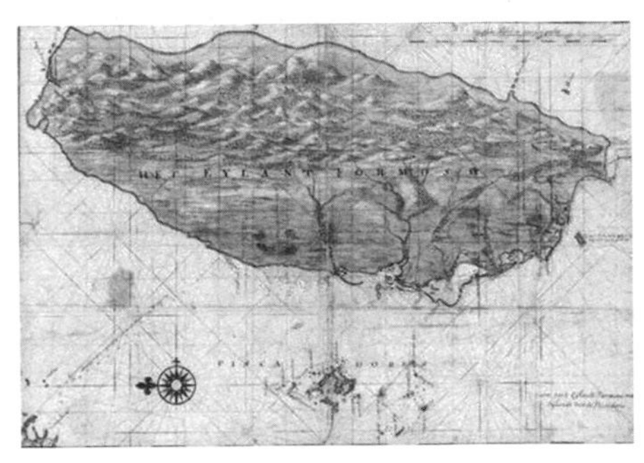

1640年Map of Formosa-Taiwan by Dutch荷蘭人所繪福爾摩沙臺灣。

註解

* 根據國立政治大學選舉研究中心的調查，從1992年到2023年，認為自己是臺灣人的比例從17.6%上升為62.8%。認同自己是臺灣人也是中國人的數據，則是從1992年46.4%下降為30.5%。詳見：https://esc.nccu.edu.tw/PageDoc/Detail?fid=7804&id=6960

(57) 生生

周定山（1959年）*

生生國語學難完，
三百年來轉幾圜。
何日可消前世孽，
全球都屬一家言。

臺語吟唱　　客語吟唱

作者

周定山（1898-1975），本名火樹，字克亞，號一吼，又號公望、銕魂、化民、悔名生，鹿港人。出身貧寒，對社會底層充滿了同情與關懷。

周定山（前排左三）與葉榮鐘（前排左五）於1949年臺中圖書館同仁大合照。（資料來源：國立清華大學圖書館珍藏資料）

對漢學極有熱忱，常趁課餘、公餘自我學習，奠定其堅實的漢學基礎。專長詩、文、小說，又以詩著稱。戰前彙集其所著作，編有《一吼劫前集》，與賴和、葉榮鐘是莫逆之交，也是新文學的箇中能手。

戰後曾任職虎尾區民政課、臺灣省商業聯合會、省立臺中圖書館，二二八事件後，一度被捕審問，後無罪開釋。其後曾任臺北民政廳地方自治編目委員會委員，與北臺詩人們時有往來。1957年於鹿港成立「半閒吟社」，並於「泉郊會館」授漢文，晚年則於自宅作育英才，孜孜不倦，並彙集戰後創作，編有《一吼劫後集》。作品扎根於真實的生活，文筆犀利批判時局、反映社會現象，見證臺灣人民的生活原況。葉榮鐘曾稱許，「舊詩寫得最好的是陳虛谷，其次便是周定山。」[1]

注釋

一，生生：生生世世，繁衍孳息不絕。
二，圜：圓、圓形。
三，孽：災禍。惡因、罪過。

詩題解析

周定山感於外來政權不斷更替統治臺灣，文化語言、生活型態都必須重新適應，末句以反諷口吻作結。

詩文解譯

三百年來的臺灣，已經換了好幾個殖民統治者，每個殖民政府有自己的官方語言，生生不絕，不一樣的「國語」，臺灣人永遠難以學完。何時臺灣人才能消除這種前世所造的孽？只能等到全球都使用同一種通用語，溝通無礙的時候。

註解

* 此詩收於《一吼居詩存．第六集．己亥（1959）稿》，又載《一吼劫前集．第二卷附劫後集．己亥年》。詳見：周定山作，余美玲主編，《周定山全集（一）漢詩卷（下）》（臺南：國立臺灣文學館，2021年），頁75。

1 參見：臺灣歷史人物傳記資料庫，〈周定山〉：http://tbdb.ntnu.edu.tw/showBIO.jsp?id=6EB839FC-9D33-24E8-6043-6767CAD84D1E

58 登壽山眺望臺灣

——讀吳濁流亞細亞孤兒有感

楊青矗（1980年代）*

千艫漭港盪雲天，

萬廈河山商達寰，

敵虎抗狼全拒殖，

拓荒除瘴半埋冤。

玉山群峰睥帝國，

瀛民寶島勝中原，

孤兒鬥奮終成父，

國鎮汪洋矗主權。

臺語吟唱

客語吟唱

作者

楊青矗（1940-），本名楊和雄，臺南人，後遷居高雄，畢業於高雄中學附設補校，臺灣鄉土文學作家。1961年，其父因公殉職，楊青矗半工半讀分擔家計，更以撫卹遺族的身分任職於高雄煉油廠。豐富的工作經驗使其創作能貼切的反應勞工心聲，也有著其經歷社會歷練的體會。其前期的創作主要以小人物的角度刻劃社會，後期則開始帶有為民爭取權益的使命，內容上含有更多的政治議題與批判，更有著「工人作家」的美譽。1979年因美麗島事件入獄，於1983年獲釋。1987年出任臺灣筆會首屆會長，致力於推動臺語文學復興與教育，著有《臺詩三百首》、《楊青矗臺語注音讀本》等。從辛勞的工人到工人作家，再到臺語教育的推動，其為底層民眾權利的發聲與本土文化復興的推動，都有著不可抹滅的貢獻。[1]

楊青矗（左一）與陳慶智攝於美麗島事件後遭受司法起訴。（資料來源：《臺灣時報》提供）

注釋

一，艫：船頭。在此指船隻。
二，漭：寬廣遼闊。
三，盪：掃除、掃蕩。
四，廈：高大的房屋。
五，寰：大地、宇內。
六，冤：委屈。
七，睥：傲視
八，帝國：實行帝制、或具有很大版圖或殖民地的國家。
九，瀛：大海。
十，寶島：葡萄牙語稱臺灣為福爾摩沙（Formosa），意為美麗之島，故稱臺灣為「寶島」。
十一，中原：中國。
十二，鎮：壓制、駐守、安定。
十三，主權：近代構成國家的四要素之一。是國家至高無上的政治權力，對內具有排外的管轄權，對外則有不受他國干涉的權力。

詩題解析

楊青矗閱讀完吳濁流先生小說《亞細亞的孤兒》。登上高雄壽山眺望日益蓬勃的臺灣，有感於前人胼手胝足地開拓荒地、抵抗壓迫的歷史，到如今的成果，不禁有感而發。[2]

詩文解譯

寬廣遼闊的高雄港，有著上千艘盪破雲濤航行而來的巨船。繁榮的港灣矗立著數不盡的高樓，臺灣的商人也環繞全球各地經商。

前賢奮勇抵抗各國如狼似虎的侵略及威脅，就是為了拒絕殖民統治的壓迫；先民為生活冒險犯難、披荊斬棘、拓荒除瘴，約有半數枉死此地。

玉山群峰象徵著臺灣睥睨山底下不停更換的統治者，從荷蘭、西班牙、鄭氏、大清、日本等帝國統治下走過來，今天的島民在這物產豐饒的土地上，生活已經更勝於中國[3]。

臺灣在歷經欺侮、霸凌、侵略及反殖民、反壓迫後，已經奮發成為一個國家，鎮守在這片汪洋的海上，直挺挺的、屹立不搖的矗立著自己的主權。

註解

* 本詩為古體詩。收於楊青矗編著，《臺詩三百首》，（高雄：敦理，2003年），頁551-552。關於創作年代，編著者於2023年6月電話訪問楊青矗本人，楊表示詳細年份已不復記憶，惟記得是黨外時代。編著者認為，1980年代較1970年代的言論尺度為大，加上1980年代羅大佑同名歌曲「亞細亞的孤兒」蔚為風行，推測此詩創作時間為1980年代，詩人於美麗島案獲釋出獄後所作。
1 文化部臺灣大百科全書，〈楊青矗〉：https://nrch.culture.tw/twpedia.aspx?id=2289
2 國立教育廣播電臺，為臺灣文學朗讀103 https://channelplus.ner.gov.tw/channel-program-episode/30950
3 詳見：楊青矗，《臺詩三百首》，（高雄：敦理，2003年），頁554。

59 論兩國論

王命發（1999年）*

兩國釐清述未來，
心儀獨立口難開，
一言欲盡雙贏計，
萬事求全百感哀。
實踐專權安統合，
主張分治隔中臺，
但期從此干戈息，
共創和平靖劫災。

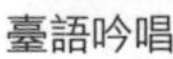
臺語吟唱 客語吟唱

作者

王命發先生肖像。（資料來源：王命發先生提供）

王命發（1945-），雲林水林人。國小畢業後，曾在求得軒學習一年漢文，時間雖短仍已紮下古文基礎。1979年苦讀考取書記官，曾任臺中地方法院書記官，後通過高等檢定，轉任南投縣地方法院地檢署文書科長。因友人影響，對詩學發生興趣，開始鑽研韻學，曾任中國詩人文化會（原名中國詩經研究會）理事長，參加各地的聯吟會及徵詩活動，屢獲不少獎項。作品講究平仄韻腳，架構嚴謹，擅作詠物之詩，有「書記詩人」之稱。

注釋

一，兩國：在此指臺灣與中國。

二，述：闡述。

三，心儀：內心仰慕、心之所向。

四，獨立：不倚靠他人而能自立。指國家有完全自主權，不受外來力量干涉。

五，求全：委屈求全、顧全大局。

六，百感哀：百感交集，為面臨的處境感到悲哀。

七，專權：專制政權。在此指中共政權。

八，安統合：安，怎麼、如何。統合，合併。安統合，怎麼統一？

九，分治：分別治理、互不隸屬。
十，隔：遮斷、隔開、斷開。
十一，期：希冀、盼望、希望。
十二，干戈：泛指武器。比喻兵事、戰亂。
十三，靖：平定、使安定。安定、平靜。

詩題解析

王命發認同兩國論之主張，遂作此詩。

1999年7月9日，時任總統的李登輝接受媒體《德國之聲》訪問，被問及在「宣布臺灣獨立」和「一國兩制」之間，有沒有其他折衷方案時，李登輝回答：「中華民國從1912年建立以來，一直都是主權獨立的國家，又在1991年的修憲後，兩岸關係定位在特殊的國與國關係，所以並沒有再宣布臺灣獨立的必要」，李前總統說兩岸是「特殊的國與國關係」，後來被簡化為「兩國論」。

前總統李登輝先生1999年接受《德國之聲》專訪資料照。（資料來源：國史館典藏）

2011年9月，李前總統在回憶提出兩國論背景時，明確地指出是為阻止江澤民企圖片面向國際宣告兩岸將進行政治談判。由於1999年7月受《德國之聲》訪問之際，兩岸處於熱烈交流的階段，時任海基會董事長辜振甫將訪中國，後續並將安排海協會會長汪道涵來臺訪問，李前總統透過管道獲知，江澤民打算利用1999年10月1日中華人民共和國建國50周年國慶典禮，當著所有外國領袖面前，宣布汪道涵訪臺時，兩岸將針對一國兩制展開政治談判，李前總統為阻撓江澤民的陰謀，因而趁著當年7月接受德媒採訪之際，提出兩岸是特殊國與國關係的主張，以此聲明臺灣並不接受這項談判。

詩文解譯

臺灣和中國一邊一國，互不隸屬，彼此界限分明，這個事實應該論述清楚。我們心中希望臺灣獨立自成一國，但礙於某些因素無法大聲說出。在當時的局勢下必須藉兩國論的論述來達成雙贏之計，萬事都必須委曲求全，不禁感到悲哀。

中共是專制的威權體制，企圖併吞臺灣，使兩岸合併成一個國家。兩岸唯有維持互不隸屬，才能將臺灣阻絕於專制中國之外。期盼兩岸從此以後干戈不起，共創沒有兵劫災禍的和平新局。

註解

* 出自：《臺灣古典詩雙月刊》，期30，1999年9月，頁66。

⑥⓪ 舊金山和約七十週年有感

游錫堃（2022年）*

自決風潮萬國成，
緣何寶島未同行？
強權華美私相授，
弱勢臺澎慘被兵。
埃及之盟雖有諾，
金山和約更高程，
兩邦本就無瓜葛，
莫用屬中欺眾生。

臺語吟唱

客語吟唱

作者

游錫堃（1948-），宜蘭人，仰山文教基金會創辦人。出身農夫、勞工，曾任臺灣省議員、1986年圓山組黨大會（「1986黨外選舉後援會」）主席、宜蘭縣長、國立臺北藝術大學傳統藝術研究所兼任教授、行政院長、民進黨黨主席、立法院長、臺灣民主基金會董事長。

注釋

一，自決：指住民自決，二戰之後成為國際潮流。

二，萬國：很多國家的意思。二戰終戰至今，全球新獨立國家超過140個。

三，寶島：指臺灣。

四，同行：一起走。意指與許多新生國家一樣行使住民自決權，並成為聯合國會員國。

五，華美：指二戰時期的中華民國與美國。1943年11月23日至26日在埃及召開的開羅會議，美國總統羅斯福、英國首相邱吉爾，和中華民國軍事委員會委員長蔣介石等三人參加，會議中羅斯福和蔣介石談及戰後將臺灣、澎湖領土「歸還」中華民國之交換條件，邱吉爾並未同意。

六，私相授：指羅斯福及蔣介石兩人，在開羅會議中擅自決定二戰後將臺、澎領土「歸還」給中華民國，其後並未依國際法送美、中國會通過，亦未經臺灣、澎湖住民投票同意。

七，臺澎：指臺灣、澎湖。

八，慘被兵：悲慘的蒙受兵戎，覆蓋於戰爭、軍事統治之下。1945年10月蔣介石政權代表盟軍接收臺灣，一年後

（1947年）利用「二二八事件」派兵展開大屠殺，其後於1949年宣布戒嚴，開啟軍事統治，成千上萬臺灣人民慘遭兵戎、家破人亡，其後並使臺、澎長期陷入國共戰爭，緊張局勢至今未解。被，蒙受、遭遇。兵，兵戎、戰爭。

九，埃及之盟：指開羅會議。「開羅宣言」於1943年12月1日發表，但是其效力在國際上有爭議，一方面，發表當時三巨頭皆未在開羅，另一方面，三巨頭並未正式簽署。「開羅宣言」不是國際法上的條約，只能算是當時主要盟國希望在戰後處理日本領土、殖民地或是佔領地的一種意向書，並不具備國際法效力。[1]

十，有諾：羅斯福總統向蔣介石承諾：「臺灣、澎湖歸還中華民國」。

十一，金山和約：係全球48個國家在舊金山簽定的國際條約，又名《舊金山和約》。1952年4月28日生效。其中第2條第2項規定：「日本茲放棄其對臺灣及澎湖群島之一切權利、權利名義與要求。」但並未提及歸屬問題。

十二，更高程：指《金山和約》在國際法上的法律位階與效力，比僅約當於新聞稿性質的「開羅宣言」更高。程，法式、規範。

十三，兩邦：在此指臺灣與中國。

十四，屬中：中華人民共和國至今仍妄稱臺灣是中國的一部分。屬，歸屬。

十五，欺眾生：欺騙世人。

1952年4月28日中華民國與日本簽訂《臺北和約》。（資料來源：國史館提供）

詩題解析

本詩作於2022年4月28日《舊金山和約》生效日滿70周年前夕，感嘆蔣氏政權刻意以「開羅宣言」掩蓋《舊金山和約》有關臺灣主權與領土之議題，而至今中共也以此「開羅宣言」妄稱臺灣屬於中國。

詩文解譯

二次大戰終戰後，在「住民自決」的風潮下，全球誕生了100多個國家，為何寶島臺灣一直沒有機會像其他國家一樣行使「住民自決」權利，成為法理獨立的國家？

二次世界大戰期間的國際強權，美國總統羅斯福及當時的中華民國軍事委員會委員長蔣介石，未經臺灣住民投票同意及兩國國會通過就私相授受，擅自約定把弱小臺灣、澎湖群島

「歸還」給中華民國。1945年蔣介石政權代表盟軍接收臺、澎，1947年蔣介石政權利用二二八事件展開大屠殺，成千上萬臺灣人民家破人亡，其後並使臺、澎長期陷入國共戰爭，悲慘的被兵戎、戰爭、軍事統治所籠罩著，緊張局勢至今未解。

1943年在埃及首都開會發表的「開羅宣言」，雖然記載臺灣、澎湖「歸還」中華民國的口頭承諾，但是1952年生效的《舊金山和約》，係全球48個國家簽定的國際條約，依照國際法，其法律位階與效力更高於國家元首間的約定。

臺灣與中國本來就是各自獨立的，請不要再用「臺灣是中國一部分」來欺騙世人了！

註解

* 首刊於游錫堃編著，《台灣漢詩吟唱參考教材》（宜蘭縣：仰山文教基金會，2022年），頁144-145。

1 詳見：薛化元，〈國際法上二次大戰的結束與臺灣地位問題〉，《臺灣風物》，67卷4期（臺北：吳三連臺灣史料基金會，1997年12月31日），頁19-48。

(61) 聲援民主運動

吳應民（1989年）*

極權無計首頻搔，
民主風潮激怒濤，
識破猙獰防虎豹，
揭穿詭譎懾鯨鰲。
全球憤懣同聲譴，
四海嚶鳴互喚嚎，
血洗天安猶未報，
誰甘袖手任煎熬。

臺語吟唱　　客語吟唱

吳應民先生肖像。（資料來源：吳承濂先生提供）

作者

吳應民（1922-2014），別號林泉居士，福建惠安人。專善詩詞、書法。1946年來臺定居，於臺南市西港國小執教逾40年。1989年退休後返回福建探親，回臺後成立西港詩社並任社長。為當地詩詞愛好者舉辦講習班，陸續辦理多場大型吟詩活動。為協助兒童寫作主編《西港浪聲》，著作有《東嶺懺堂集》、《探親偶詠酬唱集》、《五十五年西港回憶錄》……等，為臺灣文教事業貢獻良多。[1]

注釋

一，極權：政治學用語，描述一個對社會有著絕對權威，並盡一切可能謀求控制公眾與私人生活之國家政治制度，奉行該思想的國家稱為極權國家。

二，無計：沒有計策、辦法。

三，首頻搔：焦急或有所思。

四，風潮：風向與潮汐，比喻發展的趨勢或流行的趨向。狂風怒潮，比喻群眾大規模的反抗運動，或影響幅度很大的事件。

五，怒濤：形容猛烈洶湧的大浪、大波濤。

六，猙獰：面貌兇惡的樣子。

七，詭譎：變化無窮、狡猾多詐的樣子。

八，懾：恐懼、害怕。威脅、使人感到恐懼、威服。

九，鰲：一種海中的大龜，古時候傳說為巨大海怪。

十，憤懣：內心忿恨不滿。

十一，譴：責備、譴責。

十二，嚶鳴：鳥相和鳴。比喻朋友間志同道合、意氣相投。語出《詩‧小雅‧伐木》：「嚶其鳴矣，求其友聲」。

十三，嚎：鳴叫。

十四，袖手：形容置身事外，不予過問。

十五，煎熬：內心受折磨而焦灼痛苦。

詩題解析

吳應民於1989年作，聲援中國六四天安門事件死難者。

1989年4月15日，中共前總書記胡耀邦猝逝，中國民眾開始自發在天安門廣場舉行悼念活動，進而發展成要求「經濟改革開放」、「解決貪腐通膨失業」、「追求新聞自由、言論自由」、「政治民主化」等訴求的大規模請願。據說，當時有多達一百萬人聚集在天安門廣場。

當時溫和派以時任中央總書記的趙紫陽為首，希望與民眾和解對話，但以中共元老鄧小平為首的強硬派決定用武力鎮壓。最後在6月3日深夜至6月4日凌晨，中共出動30萬戒嚴部隊（含解放軍、武警、人民警察）在北京天安門廣場及附近地區，用機關槍和坦克車鎮壓和平請願的學生和市民，大批手無寸鐵的學生和民眾無端被殺害。這也是中共在和平時期對中國民眾施加的一場震驚中外的血腥大屠殺。六四事件導致趙紫陽所有職務被撤免，而支持鎮壓學生的上海市委書記江澤民，則藉此爬上中共權力頂峰，成為中共第三代領導人。

據英國國家新聞網（BBC）2017年12月報導，英國最新解密的文件檔案顯示，六四事件中，中共軍方殺害了至少一萬人。

詩文解譯

民主風潮有如洶湧大浪、勢無可擋，掌控著絕對權威的統治者，對此現象只能頻頻搔頭無計可施。

人民已經看清當權者兇惡的面貌，並且要提防統治者虎豹般心狠手辣、狡猾多詐的惡行，才能震懾如鯨鰲般巨大的國家機器。

六四天安門事件引起全球忿恨不平並同聲譴責，世界各地的民主人士志同道合，皆對此事相互聲援、悲慟哭嚎。

中共血腥鎮壓天安門廣場事件猶未得到報應，又有誰忍心袖手旁觀任由中國人民苦受煎熬呢？

註解

* 出自：《中國詩文之友》，期420，1990年1月，頁43。

1 詳見：西港玉勒慶安宮。http://www.kcestudio.tw/QingAn/taiwan/002-temple/masterpiece/link/poetry.html

(62) 推行母語

陳俊儒（2002年）*

鄉音足表族群融，
母語推行政可風，
面命耳提規學子，
口傳心授導蒙童。
之乎也者詩傳俗，
說唱歌謠韻振聾，
漫道方言無正字，
開明義簡意溝通。

臺語吟唱　客語吟唱

陳俊儒先生肖像。
（資料來源：陳俊儒先生提供）

作者

陳俊儒（1949-），本名陳漢傑，字俊儒，苗栗人。因父親教授漢學、以擇日算命為業，自小耳濡目染奠定厚實漢文漢詩基礎，推廣吟詩、國學不遺餘力。

日治時期，苗栗地區許多文人志士不願服務於日本政府，將所學投入詩詞吟詠，成立不少詩社，其中規模較大者之一「苗栗詩社」（簡稱栗社）。時代變遷逐漸式微，陳俊儒等人為重振當地詩運，將「栗社」改制為「苗栗縣國學會」，於1998年5月28日舉行成立大會，第一、二屆會長均由陳俊儒擔任。

陳俊儒甚具漢詩創作功力，能飲酒作詩、狂放不羈、即席吟唱詩作，經常舉辦全國詩人聯吟大會、欣賞及教學活動、發揚研究文化精神。編著《傳統詩藝：詩學入門教材》，並出版《本土文化教材・學生啟蒙叢書》、《文化傳承詩集》，供初學者學習，用心良苦。

注釋

一，鄉音：家鄉的語言腔調。

二，母語：一個人最初學會的語言。通常是該民族的通用語，或某一地方的通用方言。俗稱鄉土語言。

三，政：政策、法令。

四，可風：可作為風範。

五，面命耳提：耳提面命。

六，口傳心授：口授心傳。

七，蒙童：知識未開的兒童。

八，之乎者也：文言文常用的四個語助詞。指讀書人所應具備的基本能力。

九，振聾：振聾發聵，聲音大到耳聾的人都能聽見。

十，漫道：莫說、別說。

十一，方言：同一語言在不同地域產生演變而形成的變體，只流行於局限的地區。也稱為土話、土語。2019年《國家語言發展法》通過後，臺灣各固有族群使用之自然語言及臺灣手語皆為國家語言，一律平等，應不受歧視或限制。

十二，正字：標準公認的文字。

詩題解析

陳俊儒長年響應母語之推行，感賦此詩。

「母語」是一個人最初學會的語言，為何需要推行？原因在於統治者的不當打壓。臺灣不論在日治時期或戰後的兩蔣政權，都要求人民必須使用國語（先日語後北京話），學校也禁用母語，本土語言（臺語、客語、原住民語）大受打擊。

語言是文化的根本，語言若消失，滅絕的是與之相關聯的文化意涵和知識遺產。本土文化一旦消失，對臺灣土地認同、國家認同也難以形成。早在1990年宜蘭縣政府即推出「文化立縣」，將母語列為縣內中小學教材，雖一度造成中央的執政黨政府杯葛、派出教育部督察來監督、也引發縣議會刪除預算等。但受到宜蘭縣民支持而延續，後來，中央政府改弦易轍，宜蘭縣母語教學等文化政策也成為全國的模範，吸引各縣市許多公職來宜蘭觀摩考察，中央政府並改變政策，開始編列預算支持[1]。1993年，教育部宣布將母語教育列入中小學正式教學範疇。第一次政黨輪替後，2001年實施九年一貫課程，將鄉土語言納入學校課程之中。

保護臺灣多元的語言和文化，推行母語教育勢不可緩，不僅在家庭或教室，應該將母語推廣實踐到整個國家社會，在日常生活中學以致用，讓多元文化、多元價值得以傳承直至永續。

1988年12月28日客家權益促進會發起「還我母語運動」，客委會已於2022年起將1228訂為全國客家日。（邱萬興先生攝影）

詩文解譯

各種家鄉的語言腔調受到尊重是族群融合的表現，所以推行母語教學是可作為模範的政策。母語可以言辭懇切地對學生循循善誘，又能用口頭傳授引導不會使用官方語言的孩童心領神會。之乎也者的文言詩詞可以流傳民間，說唱吟詠的優美聲韻能夠引發沒有機會接觸的民眾興趣。千萬不要說方言沒有標準公認的文字，它是開明、言簡意賅又容易溝通的語言。

註解

* 出自：《中華詩壇》，期4，2002年7月，頁128。

1 詳見：蘇美如主編，《造就地方：宜蘭空間論壇實錄（1981-2005）》二版（宜蘭：蘭陽博物館，2021年11月），頁138-163。

63 回首臺灣民主路

游錫堃（2022年）*

武裝抗日力凋消，
轉進啟蒙迎世潮，
帝國陳情爭自治，
街庄講演渡靈苗。
辛年議運開新局，
乙歲民權得越超，
屠戮戒嚴皆歷盡，
百年回首路蕭蕭。

臺語吟唱

客語吟唱

作者

游錫堃（1948-），宜蘭人，仰山文教基金會創辦人。出身農夫、勞工。曾任臺灣省議員、1986年圓山組黨大會（「1986黨外選舉後援會」）主席、宜蘭縣長、國立臺北藝術大學傳統藝術研究所兼任教授、行政院長、民進黨黨主席、立法院長、臺灣民主基金會董事長。

注釋

一，武裝抗日：指1895年至1915年的20年間，臺灣人以武力抵抗日軍接收並反抗日本殖民。

二，凋消：指武裝抗日的行動，因不敵日本的精良軍備與殖民統治的進逼，漸漸不支、凋零與消失。凋，凋零。消，消失。

三，轉進：轉向推進。在此指轉換抗日的策略。

四，啟蒙：開發蒙昧、啟迪智慧，使明白事理。這裡指臺灣議會設置請願運動的民主啟蒙運動，及臺灣文化協會的文化啟蒙運動，兩種啟蒙運動皆是於1921年起開始推動。

五，迎世潮：迎接第一次世界大戰後勃興的自由、民主、人權思潮。

六，帝國陳情：指臺灣議會設置請願運動到日本東京帝國議會陳情。帝國，在此意指日本中央政府。

七，爭自治：爭取地方自治。

八，街庄講演：指1921年創立的臺灣文化協會到全臺各地、基層民眾所在的地方演講、普及現代化文化與民主知識。街庄，指日治時代的州、市、街、庄等行政區劃。

九，渡：引導；過河、由此岸到彼岸的意思。如：引導人離俗出家；渡愚蒙，使脫離愚昧。

十，靈苗：聖賢的後裔，指臺灣同胞。「靈苗」一詞引用自賴和先生詩〈吾人〉，「靈苗尚自無均等」。

十一，辛年：辛酉年，指1921年。

十二，議運開新局：在此指1921年1月30日起推動的「臺灣議會設置請願運動」，向日本帝國議會爭取設置臺灣議會，開啟了臺灣民主啟蒙，使臺灣人覺醒的新局面。

十三，乙歲：乙亥年，指1935年。

十四，民權：人民在政治上享有的基本權利；人民參與和管理政事的權利。在此指選舉權及被選舉權。

十五，得越超：指1935年11月22日舉行的臺灣第一次選舉，雖然是不完全的選舉，但對爭取民主與自治十數年的臺灣人來說，等於獲得一項重大突破。越超，意為超越。

十六，屠戮：指1945年，蔣氏政權代表盟軍接收臺灣之後，陳儀政府利用二二八事件展開的大屠殺。

十七，戒嚴：指1949年5月19日起，國民政府實施戒嚴直至1987年7月15日，長達38年又56天，是當時世界上最長的戒嚴；至今仍為全世界第二長的戒嚴，僅次於敘利亞阿薩德政府。戒嚴是軍事統治，人民的言論、遷徙、集會結社、出版等自由都受到限制，威權政府動輒利用相關法令逮捕民主或異議人士，羅織罪名處刑、執行。戒嚴時期也稱為「白色恐怖時期」，但即使1987年解嚴之後，相關法令仍借屍還魂，直至1992年才修訂或廢除，白色恐怖終於在1992年落幕。

十八，皆歷盡：都經歷過了。

十九，百年回首：回首，回顧。在此指「臺灣議會設置請願運動」從1921年展開，至2021年屆滿100年，這段追求自由民主歷程的回顧。

二十，路蕭蕭：指百年來先賢前輩追求民主的道路蕭瑟、淒慘、崎嶇不平。蕭，寂寥，淒涼冷清。

詩題解析

2021年，作者擔任立法院長期間，促成立法院舉辦「臺灣議會設置請願運動百年展」，其間，經過數次仔細觀賞後有感而發。

詩文解譯

臺灣面對日本軍隊依據馬關條約來接收，由於沒有元首、政府、正規軍及精良武備，民間義勇軍又因軍備及訓練不足，武裝抗日持續20年之後，其力量就漸漸凋謝消失。於是臺灣

衝破黨禁後，游錫堃於1987年5月參加「只要解嚴不要國安法大遊行」。（資料來源：邱萬興先生提供）

先賢改變反殖民統治的策略，吸收歐美政治新思潮，推展民主啟蒙運動及文化啟蒙運動，來啟迪民智爭取平等。

臺灣先賢一方面成立「臺灣議會設置請願運動」到日本帝國議會陳情，爭取地方自治；另一方面設立「臺灣文化協會」召集臺灣菁英到全島州、市、街、庄各地講演，啟發民主意識，引導臺灣人民脫離守舊與愚昧。

1921年成立「臺灣議會設置請願運動」，為臺灣的反殖民事業開創了新的局面，迫使臺灣總督府於14年後的1935年11月22日舉辦臺灣第一次選舉。雖然只是一種「不完全選舉」，但從臺灣民主發展史的角度來看，它是一個非常重大的突破。

一路走來，臺灣在爭取自由民主的過程中，歷經二二八事件屠殺、兩蔣的軍事統治，屠戮與戒嚴都經歷過，百年後的今天回顧過去，臺灣人民的民主之路，真是走得淒苦、蕭瑟啊！

註解

* 首刊於游錫堃編著，《台灣漢詩吟唱參考教材》（宜蘭縣：仰山文教基金會，2022年），頁150-151。

民主鞏固

臺灣民主，百年追求。1921年啟動的「臺灣議會設置請願運動」，經過15次請願，促成了1935年11月22日的「臺灣市會及街庄協議會員選舉」，締造臺灣民主發展史上的新里程，也使蔣氏政權代表盟軍接收臺灣後，不得不實施地方自治，而有了省縣市鄉鎮議會及縣市鄉鎮長的定期改選。隨著1986年臺灣「政黨政治」破繭而出，及後續李登輝總統領導的數度修憲，「萬年國會」終於走入歷史，臺灣「民主國會」也於1993年2月1日正式誕生，再經1996年總統直選及其後的三度政黨輪替，依據聯合國憲章精神與住民自決原理，臺灣已經實質成為獨立自主的民主國家。民主選舉奠定臺灣成為獨立自主的主權國家，也使臺灣成為全球華文圈的第一個民主國家。

圓山組黨之後，我國正式進入兩黨競爭的時代，圖為游錫堃發表政見時人山人海。（資料來源：游錫堃先生提供）

64 彰化

林荊南（1986年）*

彰化我故鄉，磺溪卅年住。

鹿港朋儕多，清游濱海路。

彰濱工業區，耗資近百億。

經部令停工，港人長嘆息。

今見杜邦來，籌建化工廠。

當道半掩門，上書十萬眾。

街頭大遊行，鞭炮聲助勢。

誓死表心情，怒吼反汙穢。

在劫身難逃，野老吞聲哭。

新貴是外賓，美人蛇蠍毒。

南非買黑砂，萬里間關運。
禍害鑑前車，受益痴人論。
勇為子孫謀，港佬心已決。
但願守清貧，不作飲鴆闊。
天理在人心，政治今民主。
公害莫從權，神佑中興土。

臺語吟唱

客語吟唱

作者

林荊南（1915-2002），原名為富，筆名有荊南、映嵐、丁寅生等，彰化竹塘人，詩人、小說家、編輯。畢業於日本東京高等實務學校蒙滿科。1935年開始創作，1937年任《臺灣新聞》員林支部記者，第一次撰文便以詳實的採訪報導，砲轟日人經營之株式會社欺壓農民，差點被日警收押。太平洋戰爭爆發後，林荊南撰寫的《鄭成功》因收錄太多漢詩，遭疑宣揚漢民族思想，書籍遭禁，也因此被視為問題人物。終戰後初期，因先後擔任《民報》副刊編輯（1945）、《民聲

林荊南先生肖像。
（資料來源：林瑞君女士提供）

報》主筆（1946），在二二八事件被連累，遭監禁收押達59日。1950年3月再遭誣陷而二度被捕，解送綠島，楊逵、蔡瑞月亦同在此。

林荊南為日治晚期到戰後，彰化地區重要的新舊文學作家，作品涵括範圍頗廣：小說、散文、新舊體詩皆有涉獵。著力於古典詩刊編輯，於1949年10月發行《臺灣詩學》月刊，1953年籌備創刊《詩文之友》並任主編，是戰後臺灣延續最長的古典詩刊，直至1993年（464期）停刊。致力於詩學革新，提倡「巷中體」，是1970年代臺灣詩壇的一股清流。晚年完成之長篇小說《窮與罪》，有助於了解日治前後臺灣部分文藝界人士的生活形態。[1]

注釋

一，磺溪：彰化之代稱。因八卦山上的溫泉而得名。後彰化文人雅士習稱彰化為「磺溪」，如賴和成立之「磺溪詩社」等[2]。

二，朋儕：同輩的朋友。

三，清游：清雅遊賞、輕鬆悠遊。

四，掩門：指當局閉門不溝通。

五，野老：村野的老百姓、農夫。

六，吞聲：把愁恨咽到肚裡，強忍哭聲。

七，新貴：新近顯貴的人。

八，飲鴆：「飲鴆止渴」指飲毒酒以解渴。比喻只求解決眼前困難，而不顧將來更大的禍患。鴆，以鴆鳥羽毛浸製而成的毒酒。

九，從權：採用權宜變通的辦法。

詩題解析

林荊南站在保護鄉土的立場，對於杜邦建廠事件提出嚴厲批判，也反映當時大多數民眾對此事件的看法。由詩中感嘆彰濱工業區停工可知，民眾雖然樂見促進地方繁榮發展，但若要以污染環境、犧牲永續發展作為代價，又是另當別論了！

詩文解譯

彰化是我的家鄉，在這個舊名曾叫磺溪的地方，我已經住了三十年，在鹿港也有很多要好的朋友，時常以風雅輕鬆的心情，一起悠遊在沿海的公路上。政府原本有意在此處開發彰濱工業區，也耗用了將近上百億元的經費，誰知經濟部突然下令停工，鹿港當地的鄉親都嘆息不已。

現在聽到杜邦公司要來工業區設立化學工廠的消息，十萬民眾連署陳情、上書反對，政府竟然不聞不問。大批人民上街頭遊行怒吼表達心聲，用鞭炮大聲反映誓死反對興建化工廠汙染地方環境的堅定立場。因為太過擔心這個劫數無法避免，老百姓都強忍淚水不敢哭出聲來。

近來顯赫達貴的多是國外來的人，美國人的心腸就像毒蛇蠍子一樣毒辣，由萬里之遙的南非進口品質較差的鋼材原料回臺，削價競爭擾亂市場的前車之鑑不遠，臺灣會因杜邦設廠而受益的言論無異是癡人說夢。

這次鹿港的鄉親父老們心意已決，一定要勇敢地為後代子孫設想，寧可貧窮受苦，也不願成為喝毒酒的有錢人。公道天理都在人心，現今已是民主社會了，攸關公眾利益的重大公害事件，絕不可以隨意權宜變通處理，希望眾神靈驗保佑這片好不容易才正要由衰敗轉變成強盛的土地。

註解

* 本詩為古體詩。收於施懿琳編，《林荊南作品集》（雜文詩歌卷）（彰化：彰化縣文化中心，1998年），頁839。

1 詳見：臺灣文學館線上資料平臺，〈林荊南〉：https://db.nmtl.gov.tw/site2/dictionary?id=Dictionary01418&searchkey=%E6%96%BD%E6%87%BF%E7%90%B3

2 詳見：彰化的得名與異名。http://www.lanhouse.com.tw/city/pasoa/C3.HTM

杜邦

1915年成立，前身是1802年創辦的杜邦火藥廠。一戰後擴充為世界著名的化工企業集團。1985年8月決定在彰濱工業區設廠生產二氧化鈦，見報後引起當地居民強烈反彈並抵制設廠，是1980年代重大環保運動。1987年3月12日該公司取消鹿港設廠計劃。

彰濱工業區

經濟部工業局因應產業發展需求，於1977年9月26日經行政院核准編定伸港、線西、崙尾、鹿港等區，由填海造地而成的海埔新生地開發成兼具工業生產、研究發展、休憩觀光等多功能之工業區。1979年7月1日正式施工，嗣因第二次能源危機，全球經濟不景氣，工業用地需求降低，遂於1981年6月2日奉令減緩施工。迄1988年1月21日行政院核示繼續保留工業用地編定，後委託泰興工程顧問股份有限公司辦理開發研究計劃，1990年9月1日通過環境說明，同年11月5日正式復工，1992年9月26日通過環評審查，各項工作全面展開。為全國最大工業園區，當時總開發面積3643公頃，北起伸港鄉，南至鹿港鎮，南北長約12公里，東西寬約3.5公里至4.5公里，位彰化縣西部海岸地區，當地常俗稱「彰濱」。

(65) 男女平權

吳子健（1998年）*

男權相對女權同，
時代潮流落實中，
自主已無分內外，
賢能那有論雌雄。
制衡定位開新運，
合作興邦厥偉功，
兩性從茲平等立，
安危天下共和衷。

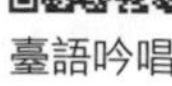

臺語吟唱　　客語吟唱

吳子健先生肖像。（資料來源：吳嘉柱先生提供）

作者

吳子健（1929-）本名吳餘順，字子健，桃園中壢人。受過私塾漢學教育，一生甚好作詩吟詩，所作詩題以客家鄉情為主，善用古調吟唱自創客家詩。曾任桃園以文吟社社長、名譽社長。

注釋

一，內外：指傳統男主外、女主內的觀念或規矩。

二，賢能：有品德、才能。

三，論雌雄：以性別來決定優劣。

四，制衡：加以適當的控制，以保持平衡。

五，興邦：使國家強盛。

六，厥偉功：厥功至偉，指功勞很大。

七，和衷：同心。彼此同心協力。

詩題解析

吳子健響應男女平權觀念，遂作此詩。

1990年代中期，來自婦女運動的倡議以及民間的積極響應，臺灣性別平權運動如火如荼地推展。除了每年3月8日性平活動外，大學廣開性別課程，帶動更多年輕男女投入運動，社會上也因幾件悲劇，促使民間與政府對性別平等的重視。例如：1996年民進黨婦女部彭婉如主任夜間搭乘計程車身中多刀慘死，兇手下落不明。民怨沸騰，政府保障婦女生命財產安全的能力和決心飽受質疑，行政院遂於1997年成立「婦女權益促進委員會」，宣示保障婦女權益的決心。

自1996年《民法》親屬篇修訂，打破父權獨大的框架，性別平等修法的潮流開始盛行，1997年通過《性侵害犯罪防治法》；1998年通過《家庭暴力防治法》，打破「法不入家門」的舊思維；1999年增訂《刑法》中「妨害性自主」罪章，條文明文加入「性侵害」與「性自主」之概念；2002年公布《兩性平等工作法》（2008年改為《性別平等工作法》）；2004年頒行《性別平等教育法》；2005年通過《性騷擾防治法》，引入「性騷擾」概念……，一連串持續進行的性別平等相關的法令制訂及陸續燃起的性別平權觀念發展，已大幅提升了男女兩性的生活品質與水準。時序進入2023年，性別平權意識更為進步，國家也修訂了一系列性別平權相關法律條文。

詩文解譯

女權與男權都是天賦人權，是平等的；這種價值觀是時代潮流，已經在社會上漸漸普及。

每個人自主思考、獨立判斷，作自己的主人，依照自由意願可以自行決定由誰主外、誰主內或各內外兼顧的角色分工，能力品德的高低絕不是由性別決定。

讓性別角色互相平衡，在相同的目標下團結合作，才能對國家的富強帶來最大的貢獻。

從今而後兩性權利平等、機會均等，國家社會安危同心共濟。

註解

* 出自：《臺灣古典詩雙月刊》，期24，1998年9月，頁98。

66 民主國會

游錫堃（2022年）*

定期改選出群英，
政策攻防輿論評，
立委質詢言免責，
官員應答語真誠。
眾尊寡黨團平等，
少服多公決息爭，
預算法條三讀過，
自由民主萬年行。

臺語吟唱

客語吟唱

作者

游錫堃（1948-），宜蘭人，仰山文教基金會創辦人。出身農夫、勞工，曾任臺灣省議員、1986年圓山組黨大會（「1986黨外選舉後援會」）主席、宜蘭縣長、國立臺北藝術大學傳統藝術研究所兼任教授、行政院長、民進黨黨主席、立法院長、臺灣民主基金會董事長。

注釋

一，國會：國家層級的議會，臺灣的國會稱為立法院；依中華民國憲法規定，立法院是全國最高立法機關，由人民選出一定人數的代議士行使立法權。

二，定期改選：立法委員採任期制，目前是每4年改選一次。中華民國臺灣立法院四十餘年未改選的「終身立委」於1991年12月31日全數退職；1992年12月19日舉行第二屆立法委員選舉，選出立委161人於1993年2月1日就職，其後每一屆立法委員全數實施定期改選制。

三，出群英：選出一群優秀的英才；群英指立法委員。

四，政策：指政府、政黨或政治人物為實現政治理念提出的政治主張或計劃。

五，攻防：意指攻擊與防守。「民主政治就是議會政治」，朝野政黨立委及政府官員在立法院透過質詢、答詢、發言及記者會等方式，相互質疑、辯論，藉以取得民意支持。

六，輿論評：意指整個社會有充分的言論自由，公民與傳播媒體可以對立委及其所屬政黨自由評論。「言論自由」是民主政治的必備條件之一。

七，質詢：「質詢權」為立法委員重要法定職權之一，指立法委員在議事會場中，得依法對政府官員提出質疑與詢問。

八，言免責：指「言論免責權」，是民主政治體制國家對國會議員在國會發言時的一種特別保障。

九，官員：指中央政府行政部門依法到立法院備詢的政府官員。

十，應答：指中央政府行政部門政務官在立法院針對立法委員質詢的答復與回應。

十一，語真誠：民主國家國會至上，所有法律與預算須經國會三讀通過才能依法送請總統公布，為爭取立委的信任與支持，多數政務官在應答時態度與言語顯現真誠。

十二，眾尊寡：眾，指多數。寡，指少數。眾尊寡，意指「多數尊重少數」。

十三，黨團：指立法院內各政黨依法自組的會議組織，是國會中各政黨的決策機構。

十四，平等：指各黨團平起平坐，不分大小，一律平等。「黨團協商會議」過程公開、影像直播，以「共識決」方式決定黨團協商結論，是「多數尊重少數」的具體表現。

十五，少服多：「少數服從多數」的意思。

十六，公決：指立法院召開院會時，遇有不同意見，由與會者以表決方式決定之。

十七，息爭：平息爭議。立法院審議法案與預算案，各政黨會有各種不同主張，遇有歧見，經「黨團協商會議」仍然無法取得共識，就會送到院會表決，以「少數服從多數」的方式處理，以平息爭議。

十八，預算：指某特定的期間內的財政計畫，包括收入與開支。

十九，法條：指法律條文。

二十，三讀過：依國會議事規則三讀通過之意。立法院通過的各項議案，唯有法律案、預算案必須經過三讀會，經院會主席宣布「通過」並敲下議事槌後，才算完成立法程序，之後才送請總統公布。

二十一，自由民主萬年行：意指民主政治永續發展。「民主政治就是議會政治」，任何國家有健全議會政治，就會有健全的憲政體制，也就能使自由民主制度萬年運行、永續發展。

詩題解析

本詩作於2022年，作者擔任立法院長，主持國會行政及議事運作屆滿兩年，眼見臺灣國會全面改選後的「民主國會」運作即將屆滿卅年，而臺灣也不時被譽為國際民主典範，內心感覺欣慰而賦詩一首，以說明「民主國會」的重要性。

詩文解譯

國會全面改選後，每次的選舉都會選出一群優秀的菁英擔任立法委員，委員們為落實自己及所屬政黨的政治主張，在立法院透過發言、質詢、辯論及記者會等方式進行政策攻防；因為言論自由，他們的表現也會受到傳播媒體、公民與社會大眾的自由評論。

立法委員在國會的發言依法具有言論免責權。因為所有的法律與預算必須經過國會三讀通過，政府官員為了爭取立法委員的支持，在立法院的應答，也會盡最大的努力做到言語真誠，以利議案通過。

各種議案，如果沒有共識，會送到召集委員或院長主持的「黨團協商會議」，以黨團平等方式，採共識決決定，這是國會「多數尊重少數」的具體表現。如果「黨團協商會議」無法取得共識，依法冷凍一個月後，就會送到院會進行表決，以「少數服從多數」的方式決定，以平息爭議。

預算的通過與法律的制定與修正，都必須經過立法院依法進行三讀，由院會主席宣布通過並敲下議事槌後，才能送請總統明令公布。健全的國會政治，必定能維持健全的憲政體制，也會使自由民主政體萬年運行、永續發展。

每一個黨都只有一票的朝野協商制度，攝於2022年1月22日深夜。（資料來源：游錫堃先生提供）

註解

* 首刊於游錫堃，〈「自由廣場」民主國會卅年的時代意義〉，《自由時報》，2023年1月31日，版A14。並同步刊登於自由評論網https://talk.ltn.com.tw/article/paper/1564428。唯文中的詩題原為〈詠國會〉，本書收錄時，作者更名為〈民主國會〉。

67 總統民選

（七絕二首）

余仁學（1995年）*

慎投選票舉元戎，
舊制推翻革劣風。
今後主權民作主，
欣看天下正為公。

民主推行憲法通，
公投直選舉元戎。
已非國代當權日，
政策維新進大同。

余仁學先生肖像。
（資料來源：余蟬娟女士提供）

臺語吟唱

客語吟唱

作者

余仁學（1929-2017），屏東九如人。隨地方文人楊朝貴老師「夜學」三字經、千家詩等，並背誦許多詩詞經典，以此自學創作臺語詩，樂此不疲。「蝶恨春殘興未央，探幽屐印九如鄉，橋行六合盟鷗侶，廟謁三山禮國王，駐足東寧觀日曉，驅車虎尾步堤長，流留八景欣忘返，畫攬詩材入錦囊。」是其為故鄉九如所賦之詩作。暮年仍持續參與詩作比賽，屢獲佳績，並與兒孫分享詩作。除臺詩外，余氏也於農暇閱讀擇日、命名相關書籍，並曾開設擇日館服務鄉親，被稱為「河洛語詩人，九如之寶」。[1、2]

注釋

一，慎：小心、細心。

二，元戎：兵車、主將、元帥，典出《周書．卷一二．齊煬王憲傳》：「吾以不武，任總元戎，受命安邊，路指幽冀。」在此指我國國家元首－總統。

三，劣：不好的、壞的。

四，欣：高興的、樂觀的。

五，憲法：規定一國國家體制、政府組織、人民權利義務的基本法。

六，通：暢達、通行。

七，國代：國民大會代表。在1996年由公民直選總統之前，總統乃是由國代間接選舉產生。第一屆國代從1948年3月至1991年年底期間一再延任，任期共43年9個月，長期缺乏民意基礎。依釋字第261號解釋於1991年12月31日解職。第二屆國代從1992年1月1日上任，其後定期改選。後於2005年選出任務型國代，通過憲法增修條文後，國民大會正式廢除。[3]

八，維新：革除舊法而實行新政。

九，大同：最和平安樂的盛世。

詩題解析

1996年，臺灣進行了第一次的總統直選，由人民一人一票選出，有別於以往由國大代表間接選舉的制度。這象徵著臺灣在民主的路上又更進了一步。

詩文解譯

人民終於能用選票，審慎的選出我們國家的元首。舊的政治體制與不民主的壞風氣被革除。從今以後，公民擁有了決定國家前途的權力，我樂觀的看待真正的天下為公的到來。
民主制度的推行，落實了憲法的規定，也保障了人民的基本權利，公民用投票的方式直接選擇國家元首。過去無法代表民意的國大代表，已喪失代為選舉總統的權力，政治體制革新將會讓國家邁向太平盛世。

1996年舉辦第9任總統副總統大選，也是臺灣首度總統民選，有三組候選人參加。（資料來源：中選會提供）

註解

* 出自：《臺灣古典詩雙月刊》，期5，1995年7月，頁58。此為兩首絕句。

1 詳見：〈八旬河洛語詩人　九如之寶〉，《自由時報》地方版，2009年6月5日。https://news.ltn.com.tw/news/local/paper/308905。

2 編著者於2022年7月電話訪談余冠勳先生（余仁學之孫）。

3 詳見：文化部臺灣大百科全書，〈國民大會〉，https://nrch.culture.tw/twpedia.aspx?id=3854

李登輝先生是臺灣首度由國民直選的總統。（資料來源：中選會提供）

68 公投

林炳堂（2003年）*

政策推行慎是非，
如何定奪有依歸。
公民投票無偏袒，
世界潮流願不違。

臺語吟唱

客語吟唱

作者

林炳堂（1936-），彰化縣員林鎮人。曾服務於員林鎮公所秘書室，加入興賢吟社後，由社長陳木川教導古典詩及書法，也擔任彰化縣國學研究會理事。

林炳堂先生肖像。（資料來源：楊明勝先生提供）

注釋

一，定奪：決定事情的可否與去取。

二，依歸：託付，依靠。依據、遵循。

三，公民投票：簡稱公投、全民公投。由整個國家或地區的全體人民投票決定某些問題，決定國家政策的制定、修改或廢除等等。在公民投票中，主要是通過投票以確定某種政策形式或某種行動的合法性，而不是去要求投票人在幾個供選擇的政黨或建議中去任選其一。

四，偏袒：私心庇護一方。

詩題解析

1993年民進黨籍立法委員蔡同榮等先後提出《公民投票法草案》、《創制複決法草案》，翌年，行政院整合各立委版本提出公投法協商版，1995年草案雖已排入立法院院會議程，進入二讀，但仍在立法院被執政黨以多數決暫緩審議。

2000年政黨輪替民進黨執政，《公民投票法草案》被再度提出。2002年時任行政院長游錫堃提出《創制複決法草案》，各黨團也都提出不同版本，最後在2003年11月27日，立法院三讀通過《公民投票法》，其後，行政院雖曾提出部分條文送請立法院覆議，但遭立法院否決。2003年12月31日《公民投票法》由總統公布施行。

詩文解譯

政府機關制定政策，務必謹慎釐清是非，任何決策必須依循民意。

採用公民投票方式來決定國家政策，是一種不私不偏、真正人民作主的做法；期待這樣的方式能符合國際潮流而不悖離。

註解

* 出自：《中華詩壇》，期12，2003年11月，頁101。

2003年12月時任總統陳水扁先生在總統府簽署《公民投票法》。（資料來源：取自陳水扁先生臉書）

2022年11月中央選舉委員會舉辦修憲公投政見發表會，圖右為立法委員洪申瀚先生。（資料來源：中選會提供）

⑥⑨ 詠民主

游錫堃（2022年）*

恢恢天網疏無失，
治亂循環祖世憐，
憲政興邦內戰少，
共和立國外侵捐。
選丁罷丙公投定，
換代改朝依票牽，
民主雖非完美制，
人權維護最周延。

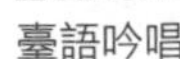

臺語吟唱

客語吟唱

作者

游錫堃（1948-），宜蘭人，仰山文教基金會創辦人。出身農夫、勞工，曾任臺灣省議員、1986年圓山組黨大會（「1986黨外選舉後援會」）主席、宜蘭縣長、國立臺北藝術大學傳統藝術研究所兼任教授、行政院長、民進黨黨主席、立法院長、臺灣民主基金會董事長。

注釋

一，恢恢天網：典出《道德經》73章，「天網恢恢，疏而不失。」在此意指大自然之道宛如巨網，範圍無邊無際、廣闊寬大。

二，疏無失：雖然疏鬆但不會有漏失。

三，治亂循環：治亂，治世與亂世。人類社會在封建社會時期，王朝運行往往一治一亂，治亂循環、周而復始。

四，祖世：意指古時封建社會的祖先世世代代。

五，憐：憐憫、同情、可憐。

六，憲政：憲政，民主立憲的政治。

七，興邦：建立國家。

八，內戰少：憲政民主國家，以數人頭代替打破人頭，所以幾乎沒有內戰。

九，共和立國：指以共和體制作為立國基礎。

十，外侵捐：放棄向外侵略的意圖。德國哲學家康德在《永久和平論》中曾說永久和平的重要條件之一，是每個國家的憲法都是共和體制。他的意思是說共和體制的國家比較不會侵略他國，可以為世界帶來永久的和平。捐，棄也，出自《說文解字》。

十一，選丁罷丙公投定：在民主政體下，各級公職人員的選舉罷免，由具有公民資格的民眾投票決定。選，選舉。罷，罷免。

十二，換代改朝：意指政權更替。

十三，依票遷：依照得票結果做變動。依，依據。遷，變動。

十四，雖非完美制：雖然不是沒有缺點的制度。

十五，人權：人類與生俱來的權利。

十六，維護：維持保障。民主政治講究主權在民、定期改選、政府權力分立而制衡，可以避免專制、獨裁統治並減少發生內戰或對外侵略的事件。

十七，最周延：是人類歷史上最能保障基本人權，維護人民幸福的優良制度。

詩題解析

本詩作於2022年，作者在立法院長任內，主持國會行政及議事運作，深刻體悟民主真諦，感賦此詩。

詩文解譯

自然之道宛如巨網，範圍寬闊廣大，雖然疏鬆，但不會有漏失。因此古代人類社會的政治運作往往亂而後治，治後又有亂，治亂循環周而復始，所以祖先的世世代代，常常遭受戰亂、顛沛流離、家破人亡，令人憐憫、同情。

憲政民主主義的國家，以數人頭代替打破人頭的方式選擇執政者，所以幾乎沒有內戰；以共和體制作為立國基礎的國家，大多熱愛和平，放棄對外侵略的意圖。

在民主政體下，各級公職人員的選舉與罷免，由國家公民投票決定；而更換執政者，依據選舉得票結果作變動。

民主政治雖然不是沒有缺點的制度，但講究主權在民、定期改選、政府權力分立制衡，可以避免專制、獨裁統治並減少發生內戰或對外侵略的事件，所以是人類歷史上，最能保障人民基本權利，維護人民幸福的優良制度。

民主選舉雖然不是完美的制度，卻是最能保障人權的制度。圖為2023年10月20日民進黨新北市立委候選人聯合登記活動。（資料來源：游錫堃先生提供）

註解

* 首刊於本書。

臺灣的民主選舉由中央選舉委員會主辦。圖為2020年總統副總統大選開票並宣布結果。（資料來源：中選會提供）

70 淬鍊

游錫堃（2023年）*

波瀾壯闊太平洋，
孕育鯤瀛日月長，
天屢強颱隨處虐，
地常巨震瞬時殤。
歷朝帝制黎民苦，
兩蔣威權血淚滂，
淬鍊臺人堅韌志，
奮爭民主傲華疆。

臺語吟唱

客語吟唱

作者

游錫堃（1948-），宜蘭人，仰山文教基金會創辦人。出身農夫、勞工，曾任臺灣省議員、1986年圓山組黨大會（「1986黨外選舉後援會」）主席、宜蘭縣長、國立臺北藝術大學傳統藝術研究所兼任教授、行政院長、民進黨黨主席、立法院長、臺灣民主基金會董事長。

注釋

一，鯤瀛：指臺灣島。古時臺灣的代稱。鯤，傳說中的大魚。瀛，大海。

二，天屢強颱隨處虐：臺灣周遭太平洋氣候，頻繁出現威力強大的颱風，路線難以捉摸，所經之處，不管是陸上居民或是海上漁民均可能遭受殘害。

三，地常巨震瞬時殤：臺灣島上經常突然發生猛烈的地震，往往一眨眼時間就造成重大損傷。

四，歷朝帝制黎民苦：曾經統治臺灣島的每一個殖民政權，從荷蘭、西班牙、鄭氏王朝、清帝國到日本帝國等都是君主專制，人權未能獲得保障，人民生活苦不堪言。

五，兩蔣威權血淚滂：二戰後遷占臺灣的蔣氏父子，實施戒嚴軍事統治，白色恐怖政策導致無數人民受難，血淚滂沱宛如水湧。滂，湧出。

六，傲華疆：在華文圈中表現最好，引以為豪。傲，自豪。華，指華人文化圈。疆，指區域。

詩題解析

2023年，適逢「臺灣議會期成同盟會」暨「治警事件」百周年，及「民主國會」卅周年，立法院舉辦特展，向社會大眾介紹臺灣民主百年追求的艱辛歷程。作者回顧數百年來歷經颱風、豪雨、地震及殖民、專制、威權統治的臺灣，今日獨立自主的民主成就宛如金屬般被鍛造、淬鍊而成，因而賦詩為念。

詩文解譯

浪濤雄渾、氣勢浩瀚的太平洋，以與日月同在的時光，擁抱、沖刷、化育臺灣島。

臺灣周遭太平洋的氣候，每年頻繁地產生威力強大的颱風，路線難以捉模，所經之處，不管是陸上居民或是海上漁民均可能遭受殘害。陸地上則是常常突如其來的發生猛烈的地震，往往一眨眼時間就造成重大傷亡。

曾經統治臺灣島上的每一個殖民政權，從荷蘭、西班牙、鄭氏王朝、清帝國到日本帝國等都是君主專制，人權未能獲得保障，人民生活苦不堪言。二戰後遷占臺灣的蔣氏父子，實施戒嚴軍事統治，白色恐怖政策導致無數人民受難，血淚滂沱宛如水湧。

臺灣數百年來歷經颱風、豪雨、地震的大自然天災打磨，及殖民、專制、威權統治等人禍摧殘，島上人民已經淬鍊出堅韌的意志。百年來，島民奮發向上、不屈不撓，爭取到自由、民主、人權普世價值的成果，已經成為傲視華人文化圈的唯一現代化民主國家。

臺灣人堅韌的民族性，淬鍊出如今的民主。圖為2023年國慶大會時，時任蔡英文總統（中）、賴清德副總統（右）與立法院長游錫堃（左）向外賓祝賀團打招呼。（資料來源：游錫堃先生提供）

註解

* 首刊於本書。

讀詩人171　PG3051

詩說臺灣民主路

編　　著　游錫堃
審　　定　李筱峰
專家委員會　余美玲、施懿琳、何義麟、李知灝、李筱峰、翁聖峰、洪世謀、黃哲永、薛化元
漢詩吟唱　洪世謀、黃哲永、賴添雲、洪淑珍、余秀春
影音錄製　臺北市信民兩岸研究協會
漢詩、圖片授權致謝　文化部國家文化記憶庫、王仁宏、王命發、中央選舉委員會、中華日報、何進興、余蟬娟、周至一、吳杏村、吳承濂、李根培、李筱峰、邱萬興、吳嘉柱、林炳堂、林陳秀蓉、林資琛、林瑞君、許明淳、陳水扁、陳漢傑、張芳聞、張香華、張富忠、張榮華、晨星出版社、黃惠君、國立臺灣文學館、國立清華大學圖書館、國史館、游錫堃、楊青矗、詹麥秀、遠流出版社、臺灣時報社、蔣渭水文化基金會、蔣節雲、蔣理容、蔣朝根、賴立人、賴和文教基金會、謝安莉、霧峰林家花園林獻堂博物館
責任編輯　鄭伊庭、邱意珺
圖文排版　楊家齊
封面設計　魏振庭、張家碩

出版策劃　釀出版
製作發行　秀威資訊科技股份有限公司
114 台北市內湖區瑞光路76巷65號1樓
電話：+886-2-2796-3638　傳真：+886-2-2796-1377
服務信箱：service@showwe.com.tw
http://www.showwe.com.tw
郵政劃撥　19563868　戶名：秀威資訊科技股份有限公司
展售門市　國家書店【松江門市】
104 台北市中山區松江路209號1樓
電話：+886-2-2518-0207　傳真：+886-2-2518-0778
網路訂購　秀威網路書店：https://store.showwe.tw
國家網路書店：https://www.govbooks.com.tw
法律顧問　毛國樑　律師
總 經 銷　聯合發行股份有限公司
231新北市新店區寶橋路235巷6弄6號4F
電話：+886-2-2917-8022　傳真：+886-2-2915-6275

出版日期　2024年4月　BOD初版一刷
2024年5月　二刷
定　　價　500元

讀者回函卡

Printed in Taiwan

國家圖書館出版品預行編目

詩說臺灣民主路/游錫堃編著. -- 一版. -- 臺北市 : 釀出版, 2024.04

面； 公分

BOD版

ISBN 978-986-445-928-5(平裝)

1. CST: 臺灣詩 2. CST: 新詩 3.CST: 詩評

863.21 113001990